あやしの桃

Mizusawa Iku

水沢　郁

目次

装画　岸田幸治

浦島会てんまつ記

夏休みに川でイシガメをつかまえた小学生に「自然保護の観点」などと脅迫めいた説諭をして、それをせしめた冴《さ》えない男、久生十郎《ひさきじゅうろう》、このとき五十一歳だった。

野生の生き物を手にした喜びは大きかった。久生は人のいないところで亀をバケツから鷲掴《わしづか》みにして取り出し、今一度しげしげとその姿を眺める。テレビ画面でしか見たことのない著名人とじかに対面しているような喜びがにじみ出てきて自然と顔がほころびる。

と、急に腕が引っ張られ、久生は中空に運ばれていった。気球に乗ったことはないが、いきなりそんな眺望が展開する。田畑がみるみる縮尺され、家屋がダンボール箱になり、眼下にびわ湖の湖面が現れてくる。久木は右手のガメラをがっちり掴《つか》んだままだ。こいつを離したら、おれは死んでしまう……

やがて湖面が大津波のように迫り、彼は湖中の人となった。

久生の意識が回復したとき、目の前にいたのは妻ではなかった。

「わらわは竹生島《ちくぶしま》の弁才天様の侍女なるぞ。そなたが弁才天様のお亀さまを手にしたによって、弁才天様がご招待遊ばされたのじゃ。……ほんとにお亀さまは首輪をつけてもすぐ抜けてしまって、遠くまでご逍遙《しょうよう》遊ばされる。お手のかかることじゃ」と訳の分からないことを言って、久生の眼の奥まで覗《のぞ》き込《こ》んでいるのは、長い髪を束髪にした切れ長の目の若い女であった。

久生はしばらく何も言えなかったが、「ここは竹生島ってことですか」とうわ言のように言った。

「いいえ、素性《すじょう》のよく分からぬ男をすぐに神や仏の島に招き入れるようなことはいたしませぬ。ここは弁才天様の多景島《たけしま》出張所ですよ」

「あ、多景島……あの、小ぶりの」

「何かご不満でも?……はいはい、まずはそなたの身上調査と身体検査を行ってから。ご聖域行きはしばらく待つのよ」

エラそうに抜かす小娘が、と思ったが、久生はそこで、出張所在のこの女から身体検査を受け、なすがままにされたのだ。その合間に琵琶《びわ》の練習曲、いわばエチュードをボロンボロンと一方的に聞かされ続けた。娘はにっこり微笑《ほほえ》んで、将来的には秘曲「啄木《たくぼく》」を完全に身につけたいのだと言う。

タイやヒラメの舞い踊りの余興はなかったものの、アユの飴《あめ》炊きやエビマメなど地方色豊かな馳走にもあずかった。饗応《きょうおう》に応じてしまった自分が悪いのだが、五十を越えた身で年若い娘相手の二日二晩は疲れた。

侍女が閨房《けいぼう》を離れたとき、久生はようやく思い至った。遅きに失したが、考えてみれば、これは、相当ショボイが、浦島のお話の淡水版ではないのか。

乙姫《おとひめ》様があの侍女なのか弁天様なのか、なんにしろ弁天様は神様のようだからちょっと嫌だな……あげくに玉手箱渡され白髪のじじいにされるわけか。

侍女が戻ってきた。何かサッパリした顔だ。

「あなたのこと、きのううまく伝えておいたわよ。ただね、ご訪問中の龍神様のご気分が優れなくて、あなたの竹生島の御殿行きは叶《かな》わなかったわ。でも今晩、弁才天様がこちらにお見えになることになったの。あなたはシアワセ者ね。フフン」

「いったいどういうことが起こるっていうんだい」

「あら、何もないわよ。弁才天様のお話のお相手をすればいいだけ。ただし、弁才天様はおしのびだってことを覚えておいてね」

その日の夜はなんとビワマスの造りと酒が出た。それを堪能した後、侍女と入れ替わるようにして、とうとう乙姫の弁才天様が登場した。全身麻酔がとけたあとのように、気がつけば寝台の隣に腰掛けていた。人間で言えば四十過ぎだろうか。

見目麗《うるわ》しく、いい身体つきだったが、この弁才天、とんでもなくタチの悪い女で、「あら、やっぱり経正ほどいい男じゃないのね」が最初のご挨拶だった。

「ツネマサって誰ですか」久生は腹立ちを隠して言った。

「あら、知らないの？　平経正《たいらのつねまさ》、琵琶の名手よ。あんなにいい男はめったにいないわ。昔、竹生島のわたしに会いに来てくれて、琵琶を弾いてくれたの。わたしは姿を現すわけにはいかないから、白狐《びゃっこ》に化身して出て行って、うっとり聞き惚《ほ》れちゃったわ。それからキツネの身のあたしと絡み合ったというわけ。ツネマサったら胃カメラ呑んだみたいによだれ垂らしてた」

「へえ、そうですか」としか久生は言えなかった。平安の昔の逸話を知るよしもない。

「あんたはそれに比べたら庶民よねえ」、またひどいことを言う。高慢ちきな弁天だ。ホントに神か。

「あの人、凛々《りり》しかったわ。それに比べてあんたはいつもダラーンとしてるんじゃないの」

放っといてくれ、と言いたかったが、さすがにこの世のものならぬフェロモンにやられ、「そうでもないですよ」と小声でブツブツ言うのが関の山だった。

「ツネマサでもなく太郎でもなく、庶民の十郎ですみませんね」

「ようございますよ、それでも」

「弁才天様、今日は何かに権現《ごんげん》なさらなくていいんですか。そのお姿のままだと畏れ多いことです」

「あら、今日はアラフォーの性悪乙姫で……」

神は手練手管《てれんてくだ》だった。

翌未明、小娘の侍女と熟年女性のふたりに相応の別れを惜しまれ、またお亀さまに湖中からズブリと引き上げられ、空に引っ張られていったが、スピードは行きの半分、やる気のなさは倍以上というあんばいで、おまけに下界は真っ暗、久生は一度この空中遊泳を体験しているだけに虚脱感さえ感じるほどだった。

持たされた土産は、何とも軽くて小さな菓子折ふうのひと箱だった。亀は久生の自宅の庭先にソフトランディングしてくれたが、ねぎらいの言葉ひとつなかった。

多景島出張所での三日間は、人間社会でも三日間であった。ただでさえ愛想を尽かされている妻からは、この件で完全に信頼を失った。久生が前後不覚になるまで飲んだくれて帰ってきても動じない妻であったが、今回ばかりは一週間、口をきいてくれなかった。土日あけの月曜日、職場にうまく取りなしの電話を入れておいてくれたのは、お前とは家計収入の一本だけで繋《つな》がっているのだぞという令達であると思われた。ティッシュケースのような玉手箱を開けてみても、何も出なかった。

以後、久生はこんな特別な非日常の世界が、なんの取り柄もない自分に訪れたくらいだから、他にも同様の体験をした者がいるかもしれない、こういう恩寵《おんちょう》を与えられた人々でもって、同好の士の集まりみたいに、互いに語り合ってみたいものだという想念に取り憑《と》かれてしまった。彼はそれをひそかに、ひとり「浦島会」と名づけていた。もちろん、仕事も家庭生活も普通にやっていたのだが、この思いは頭皮のしこりみたいにしっかり彼の頭に根づいていったのだった。

浦島会実現の機会は、干支《えと》が一巡した十二年後に訪れた。彼はその機が熟したのか、忘れた頃にやって来たのかよく分からなかったが、とにかくありえない幸運のように思えた。久生が六十三歳の五月、連休を利用して一度温泉にでも浸《つ》かりに行こうではないかという提案が妻からなされた。妻との関係修復は、それなりの歳月と退職金を要したのだ。

行き先は熱海と決まっていた。久生は、行程にもう少し工夫がないものか、ベタすぎると思ったが、例の失踪事件もあったので何の意見も述べなかった。

だが「娘も無事ふたり目の出産を終え、ここらでひとくぎり。ゆっくりしたいわ。熱海は有名だもの」ということで妻に他意はなかった。

ふたりは新幹線から降りるとすぐ坂道をくだり、熱海の海岸散歩して、貫一お宮像の前で久生は妻に蹴られた。

起き上がって遠くを眺めやると、猪首《いくび》のような伊豆半島の付け根が右手に緑の合唱団を擁し、昼過ぎのさざ波が太陽にささやき返す。旅情が保養地の上に乗っかっている、いい土地だった。

宿は春岬荘《しゅんこう》という、まあまあの旅館であった。まずは入湯し、部屋で山海の珍味に舌鼓を打ち、またひと風呂浴び、という具合にのんびり過ごし、「もう休むわね」という妻に「おれはもうちょっと、一杯飲《や》ってくるから」と増築に増築を重ねた旅館の迷路を歩き、ラウンジのカウンターに座り、団体客の喧噪《けんそう》の中で湯のなごりと酔い心地を楽しんでいた。

しばらくして、背後のボックス席の酔客たちが声高《こわだか》になってきた。

その内容に久生は思わず聞き入ってしまった。舞鶴の水産加工会社の慰安旅行であるらしいことは、久生がラウンジに入ってきたときから分かっていた。

「ほうら、また始まった。シラキの朝鮮乙姫様だ」

「なになに、その話。詳しく聞かせてよ」

アルバイトのコンパニオンとすぐ知れる若い女が合いの手を入れる。

「だからァ、昔おれが漁師やってた頃のォ、誰も信じない話、もう、したくないけどさあ」

シラキという男が満更でもなさそうに話し始める。久生の耳はウサギの耳だ。

「あれはアオリイカ漁シーズンに入った四月だった。とにかくよく釣れたの。でも、船団離れた小型船で、獲りすぎだっちゅうの」

「なんでお前、女の前やと東京弁やねん」と誰かが茶々を入れる。シラキという男はかまわず続ける。

「もう、それで、はしょるけどさあ、おれはバランス失って傾いた船で、おんなじ方向にバランス崩し、真っ暗な海へドブンさ」

「そこが竹島近くの経済水域っていうわけやろ。いよいよ韓国の乙姫、登場や。しかし、なんでそんなに遠くまで行ったんや」、また、さっきの男。

「韓国との間で新漁業協定が発効した翌年で、確かにややこしい水域だったが、おれは救命胴衣つけて夜が明けてもプカプカ。春とはいえ水は冷たくて生きた心地がしなかった。一度、ハングル文字のオンボロ漁船がすぐ近くを通りかかったが、おれには寄らないで過ぎてゆく。幽霊船みたいだった。こりゃあ、もうだめだと観念しかけたそのときだった。おれはものすごい力で突如、海中に吸引されていって、……気がつけば」

「アンニョンハセヨ《あらこんにちは》やろ」

「いや、チョウムペッケスムニダ《はじめましてようこそ》だ」

「なんや、それ」

「とにかくチマチョゴリの乙姫だった。彼女がおれを助けてくれたんだよ。いや、船が転覆しかけたとき、乗組員たちみんなで船の重心を戻そうと、釣り上げた大量のイカを海に捨てたんだ。その反動でおれは海に落ちたんだが、そのイカたちだな。そいつらが感謝しておれを救ってくれたんだ」

「で、朝鮮服の乙姫様はどうだったい」

「何かさあ、『わらわは壬申倭乱《じんしんわらん》のとき、互いの水軍にいいように翻弄され、行き場がなくなってしまったが、李将軍《イチャングン》様のご威光により救出されるも、わけあってこの海中御殿に幽閉せらるること三百有余年。やはり殿方が恋しうて恋しうて』とかなんとか言ってさあ、三日三晩だ」

「しっぽりと……」

「うん、でも、彼女の身の上話が多かったかな。俺の目をじっと見つめたまま話すんだ。彼女の目がつややかに潤んでいてさあ、それでいて女子高校生の目みたいに澄んでいた」

「女子高生もいろいろだぞ。でもなあ、男と女、何もなかったってことはないやろ」

「うん、サランヘヨ《あいしてるわ》ってささやいてくれた。別れ際は、アンニョンヒ・カセヨ《さよならきをつけて》って涙ぐんで見送ってくれた……」

その後、大勢のアオリイカたちが、まるで雁《がん》の渡りみたいに大きなV字編隊を組んで、その上にシラキを乗せ、海面すれすれの神輿《みこし》担ぎ、丹後半島の海浜に優しく安置した、らしい。

「……シラキ君、君はイカに乗った中年か」

メンバーの中の最年長者らしき男の、この一言を潮に、話は次に移っていった。

久生はなんとしてもシラキという男と話がしたかった。

そこでカウンター席を離れ、シラキに近寄り、「お楽しみのところ失礼ですが、もう少しお話を伺いたいのですが」と筋肉質の男に丁寧に言葉をかけた。年の違いはあるものの、明らかな胸板の違いを感じさせる。

シラキは怪訝《けげん》な表情を浮かべたが、久生が顔を近づけ「わたしもオンナジ目に」と耳打ちしたところ、顔をいっぺんにほころばせた。

それからふたりで外へ抜け出し、熱海の海岸の月明かりを浴びながら奇妙な体験をすり合わせ、時に感嘆の声を上げ、時に深く納得し合ったというわけだ。ディテールにバリエーションこそあれ、お互いほぼ浦島説話をなぞっていた。大きな相違点は、淡水湖か潮海か、日本女性か韓国女性か、イシガメかイカか……いろいろあったが、総じて浦島さんのお話に包括されるだろうというのがふたりの結論であった。

その後久生は、白木渡《しらきわたる》と頻繁に連絡を取り合った。メールだけではもどかしいこともあり、ふたりの居所のほぼ中間地点である京都の亀岡で話をしたこともあった。

そして、とうとう久生念願の「会」が発足した。会則には盛り込んでいないが、会員を性急に取り込もうとはしないことをふたりは申し合わせた。つまり秘密結社では決してないが、会員を厳選することとした。面白半分や酔狂ではないということだ。

半年経って、市杵小春《いちきこはる》が飛び込んできた。

潮が引くように残暑も消えていく休日の朝、一見して女子大生のグループと分かる四人組が電車のボックス席で、あたりはばからぬ会話をしていたのだった。夜行バスから、あるいは空港からの帰りであろう。

通路側にいた、黒髪を長く垂らした涼しげな目元の女が、やや声を潜めて仲間に言った。

「わたし、実は弁才天様と龍神様に助けられたことがあるのよ、竜宮城で……」

久生は聞き逃さなかった。

彼は遠方に用あって、たまたま同じ電車に乗り合わせていたのだった。

「ぶしつけですが、お嬢さん。わたしは怪しい者ではありません、久生と言います。よろしければ少しお時間を頂いて、ちょっとわたしの話を聞いていただけますか」

ダメ元で言ってみたのだが、意外なことにその細身の女は、「やめときなよ、ヤバイよ」という表情の三人を残して車両を移ってくれた。

そうしてなんとか事情を説明し、またどこかで会う約束を取りつけたというわけだ。女は、久生の住む地方の公立大学院生、環境生態学の博士課程でぶらぶらしている二十七歳、出身は大阪ということであった。

およそ二週間後に都合がつき、ＪＲの最寄り駅で、女は市杵小春というフルネームを名乗った。小春は、久生の詳しいカミングアウトにすぐさま応じた。待っていましたとばかりに父親以上の年齢の初老の男に心許したたと見えた。

だが小春の話は長かった。ふたりはプラットホームのベンチで何本もの電車をやり過ごした。季節がよかったので暑さや寒さを感じることもなく、そのまま過ごせたというわけだ。

電車は弾んで入線し、さまざまな年格好の乗客を乗せ、気負いこんで発車していく。頃は実りの秋、イベントや催しに向かう人々満載の電車だ。

さて、初めのうちはウンウンと聞いていた久生だったが、話の途中から、この子は浦島会に入る資格が本当にあるのかどうか悩み出したほどだ。

以前、白木と取り決めた会則はいくつかあるが、（一）の「異界の地で異類と交わった経験を有する者」というのが必須条件だった。あとはふたりが酔いに任せていい加減に条文化したもので、まあ座興だった。

だから小春の話を聞いていて、肝心の会則（一）に、いつ該当するのか見当がつかなかった。それにしても、小春にも話の順序というものがあるだろうし、久生は一通り聞いてみようと思ったのである。彼女の言は次のごとくであった。

「……とにかく子どもの夢を壊す毒親だったの。当時、わたしたち家族が住んでいたアパートの窓から、はるか遠くに高い塔のようなものが見えていた。新しい地の小学校に入ったばかりのわたしは一度ディズニーランドに行ってみたかったから、今から思えばシンデレラ城をイメージしてそう言ったのかな。『あそこにはお姫様が住んでいるのかな』って。そしたらシンデレラの意地悪な継母はなんて言ったと思う。『ああ、あれ。あれはね、焼き場よ』って。わたしは『焼き場』なんて言葉は知らなかったけれど、『ヤキ』というひびきはなんとなくいやだった。もっとも、それは市の環境センターの焼却炉の煙突だってことが、大きくなってから分かったから『焼き場』には違いないのだけどさあ、相手は小さな子どもだよ。他に言いようがあるじゃない。そしてねえ『コノキ、ナンノキ、キニナルキ……』というCMソングがあったでしょ」

「ああ、あったあった。あれは、本当になんという木なんだろうねえ」

「モンキーポッドっていうらしいの。別名レインツリー。よく知ってるでしょ。……でね、あの歌を歌ってたら、『あれはね、大きなブロッコリーなのよ』って。そんなこと言わなくたっていいじゃない。小学校の五年生くらいまでそう信じ込んでいて、友だちに馬鹿にされたわ。とにかくわたし、ブロッコリーの巨木とシンデレラの焼き場で育ったの。父はね、……」

「あのう、話の途中で悪いけどね。竜宮城はいつ出てくるの」

「もう少し待ってね、おじさん。わたしの父はね……鎌倉で観光事業、早い話、土産物屋さんなんだけど、それに失敗して負債一杯抱えちゃったの。自分が失敗したくせに親兄弟にケツ拭かせて、女まで作って大阪にトンズラしたの。一種の遊び人よねえ。……そう、わたしの出身は神奈川県藤沢市。鎌倉の隣よ。そこがわたしの生まれたところ。以前を言やあ江ノ島で、よく泳ぎに連れて行ってもらったわ」

ほほう、江ノ島かと久生は思った。確か弁天様がある。

「お母さんたら、精一杯おめかしして。……母は江島神社を熱心に信心してた。泳ぎに夢中な子どもたちを父に任せきりで、自分はお参りに行くの。そうそう、もう海のシーズンが終わっている九月九日の竜宮例祭にも必ず行ってたわ。……でも、今は母と妹とは生き別れ。わたしの七つぐらいから父が女、今の鬼母に出くわして、狂っちゃったの、わたしの人生。父は母と離婚してわたしだけ父に連れて行かれた。母とは音信不通……」

「ん、それで」

「それで、中二くらいからわたしも完全にぐれちゃって、……あんまり言いたくないわ。……なんとか高校に入学できたのはいいけれど、高二のとき、紙屋平治《かみやへいじ》という古紙回収業の息子と出来てしまったの。無口ではにかみ屋だったけれど、とにかく優しかったの。でも、ウソつきなの。女房持ちだなんて知らなかった。わたしより九つほど上だった。高校の文化祭の後始末のダンボールを回収に来ていたの。それに貼り付いているガムテープなんかも文句ひとつ言わないで黙々と剥《は》がしてさあ。父とは違う、哀愁漂う誠実さみたいなものを感じて、そこに惹《ひ》かれちゃった。乙女よねえ、わたしって。でも、それからが地獄だった」

久生はいよいよ太郎か龍神の登場かと思い、黙って話の続きを待っていた。

「……当然いつしか紙屋の奥さんにふたりの関係がばれて、刃傷《にんじょう》沙汰にこそならなかったけれど、この人、うわべは優しそうなんだけど、虫も殺さないような顔して逆上に逆上を重ねるの。こんな女とやむなく付き合わされるはめにもなって、鬼母相手で変な女には慣れていたけど、ある期間は日々どちらかを相手にしなければならない状態になって、とにかく疲れたわ。なんでこんな目にあってまで生きていかなくちゃならないんだろうって。父は父で鬼嫁に対してなんにも言えなかったから、結局わたしは市杵の家も追い出されて、友だちんところに転がり込んで、キャバクラめいたところに潜り込んだり、ＪＫビジネスのハシリみたいな風俗産業にも関わったの。でもね、店が用意した女子高生風の制服着て、オジサンたちと作り話の学校生活やちょっとエッチなお話しするだけ」

そうか、都会ではそんなことやってるのかと、久生は正直言って少しうらやましく思った。別世界だ。

「……もうその頃には紙屋に対する熱も冷めていたんだけど、紙屋がこいつ、ストーカーみたいに何度も復縁を迫ってくるの。ルール違反だろって言ってみたんだけど、男女関係に交通ルールみたいなものはないよねえ、わたしも馬鹿だった。紙屋はとうとう、お前を殺して俺も死ぬみたいなこと言い出して、これが最後と思ったわたしは、尻無川《しりなし》を渡る甚《じん》平《へい》渡船場近くに彼を誘いだしたの。あ、大阪には運河の渡しがいくつかあるのよ。その頃はあんまり学校には行ってなかったけど、学校に行くときはいつもこの渡しを利用していたの。そこで長い時間話し込んだ。でも、これって、メビウスの帯なんだよ。話が反対側の遠くへ行ったなと思っていても、いつのまにやら元に戻っている。ふと気がつけば秋の夕暮れどき、帰りを促すような『赤とんぼ』のメロディーもどこかから流れてきて、わたしも、もうどうでもいいやと思って帰ろうとしたとき、紙屋が服の中からナイフを取りだして、わたしに斬りつけようとしたの。わたしは身をよじって少し逃げてから、意を決して運河に飛び込んだ。だって、男の足にかなうわけないもの。それに、もう身投げする覚悟ができていたのかな」

　久生は、小春の話がようやく海にたどり着きそうなので、ほっとした。彼女には悪いが、彼女の修羅場は他人事《ひとごと》だった。それに、正直なところ、今の小春からはとても信じられない。

「ここからの話は、おじさんとオンナジで、誰に言っても信じてくれないだろうな」

「分かる分かる。言ってみて」

「グーンと何かに河口の方に引っ張られていって、大阪湾に入ったみたい。最初は冷たい海の中だったけど、だんだん夢の中のお布団みたいに温《ぬく》もりさえ感じてきて、気がつけば、実の母とふたり、海の中を歩いているの。ホントよ。そのうち、天上、いや海上からかな、渺茫《びょうぼう》たる琵琶の音色も舞い降りてきて、四天王寺《してんのうじ》の伽藍《がらん》回廊みたいな所にたどり着いた。少し遠くには、貫禄ある男の人が待ち受けていた。おじさん、千早《ちはや》って知ってる？　巫女《みこ》さんの衣装みたいなの。その男性版ね。古代の服装。あ、そうそう、貫頭衣、筒服。おじさん、よく知ってるね。着たことあるの？……その衣服からのぞかせている顔や手足の肌色は濃い緑。ちょっと気味悪かったけれど、お顔は、明治の元勲みたいな長い口鬚と唇の引き締め方が、X軸対称の双曲線みたいでおかしかった。……その人、母の姿を見ると、相好《そうごう》を崩すって言うの？　とにかく急ににやけて、『よくぞ参った。待ちわびたぞ。ささ、早くこちらへ』って、天蓋《てんがい》付きのベッドに母をいざなうの。わたしは、エーッ、お母さんたら、この異形の男の愛人だったのって思ったけれど、あんまり嫌悪感《けんおかん》はなかったわ。母の肌はふっくらとした乳白色で、『リュウジンさまあ』と男の胸にしなだれかかる。ドラマのシーンみたいだった。わたしはこのまま親の情事を目撃するのかと、内心動揺したのだけれど、なすすべもなかった。リュウジン様は『良き哉《かな》、弁才天』とかなんとか言って、母を天蓋の下に招き入れ、母と睦《むつ》み合おうとする。その刹那、ふたり息を合わせたかのようにわたしを一瞥《いちべつ》して、リュウジン様が『後でね』と言った……」

「その様子は、ビジュアル的にはアニメでしか再現できないよね」

久生は余計なことを言ってしまったと思ったが、言ってしまったことは仕方がなかった。小春は気にすることなく、「でも、その『後でね』なんだけど、後は、病院の中だった。この世の意識が回復したら、父と毒母がいた」

「海中から救出されたってわけか」

「うん、そう。わたしが目を開けた瞬間、毒母はにっこり笑ってこう言ったの。『ここの病院代、あなたが払うのよ』って。父は半泣きの笑顔だった。わたしはまだ夢の続きかと思った。でもね、現実の方が悪夢よね」

「……お母さんと龍神さま、愛し合ってたんだ」

「あの場の雰囲気は、確かにわたしもとろけそうな甘ったるさだった。……久生さん、普通、わたしのこの体験は臨死体験か、溺死寸前の混濁した脳細胞のいたずらかって思うでしょ」

「そうだろうね」

「でも、どういうわけか、わたしの濡《ぬ》れた唇には紅が施されていて、病室にはおしろいの香りが微《かす》かに漂っていたの。口紅のほうは血色がもどったからとしても、匂いには看護師さんたちも気づいていたと思うわ。それにね、引き揚げられた時、わたしの身体は生臭い粘液まみれで、榊の葉っぱみたいな大きなウロコが一枚、太股《ふともも》に貼り付いていたらしいの」

「妙だね」、言いにくいことが頭に浮かんだが、言葉を呑《の》み込《こ》んだ。

「と、思うでしょ」


市杵小春の件は、すぐに白木に伝えた。白木は彼女が入会に値するかどうかの判断がつきかねたようだった。小春自身は、あのカミングアウトで憑《つ》き物《もの》が落ちたみたいで、浦島会入会に関してはそれほど執着がないようだった。

しかし、結局、広長舌には偽りがなかろうということで、小春は三人目の会員として迎え入れられた。

四人目は番場貘《ばんばばく》だった。

小春との邂逅《かいこう》からひと月半後、この男を発掘したのも久生だった。

県庁所在地の市民会館では、数年前から毎年十一月末に、二日間通して津軽三味線・津軽民謡の全国大会が開かれるようになっていた。

久生は津軽三味線に格別なゆかりはなかったのだが、コンクールとはいうものの、ひとりの持ち時間はごく短時間で、連続して何十曲と聞けるのだ。チケットも格安だ。聴衆も関係者がほとんどで会館内は空席の方が多い。こんないい機会はないと、彼は毎回そこに出向いている。

この年のプログラムを見ると、独奏曲（オリジナル曲）部門に「乙姫護《まも》る」（兵庫県・番場獏）とあった。二日目の一〇五番目の演奏で、予定時間は一六時一〇分だ。久生はこれだ、と思ったが、その日は午前中で引きあげるつもりだった。午後は取り立てて予定は入っていなかったものの、待ち時間がつらい。

そこで彼は昼食も兼ね、いったん外に出ることにした。妻には休日出勤だと言ってあるから夜遅くならないうちに帰宅すればいい。妻は「あなたのご自由に。でも、天下りのどん底役所に再雇用の身で、休日出勤の必要性があるのかしら」と言ったが、家にいればいるで煙たがられる。

彼は逢坂《おうさか》の関跡にある蟬丸《せみまる》神社まで足を伸ばした。市民会館から歩いて三、四十分ほどだ。

久生は歩き出してから、今更ながらおのが思いつきに感じ入っていた。

……どこかで何かが動いている。蟬丸は盲目の琵琶の名手。今では音曲と芸能の神様に祭り上げられている。おそらく竹生島の経正の先輩格だろう。津軽三味線と言えば、これも盲目の、津軽三味線の名人のレコードを若いときに買ったことがある。何かの因縁《いんねん》だ。そう思って、関近くのウナギ屋で高価なウナギを食いビールを飲んで、いい調子に酩酊《めいてい》した。ぶらぶら寄り道しながら市民会館に帰ってきたときは午後四時前だった。

番場は、東京にいる久生の息子と同年輩と思われた。舞台に立った彼は飾らぬ出で立ちである。普段着のようだった。

が、演奏は圧巻だった。わずか三分間だったが、世間知らずの乙姫の孤愁とそれを庇護《ひご》する龍神の躍動ぶりが、ときに哀切を極め、ときに捨て鉢に思える撥《ばち》さばきの指に込められているように思われた。

久生の思いとして津軽三味線はおおむね骨太だが、琴の震えやバイオリンのため息に通じる繊細さをも併せ持つ見事な彼の演奏だった。

久生はロビーで番場を待ちかまえた。遠来の演奏者は結果発表を待つことなく帰ることが多い。でなくても、演奏後は家族や友人たちと客席やロビーで待ち合わせることが多いのだ。

果たして、番場は三味線の入った袋を袈裟《けさ》がけにして、帰り支度の風情で現れた。着替えることのないジーンズ姿であった。

「番場さんですね。良かったですよ。あ、失礼、久生と言います。演奏、お聴きしましたよ」

「はあ」、予想通りのぶっきらぼうな返事であった。

久生は、もうこんなオファーは三回目で慣れているし、まずは曲想の由縁を尋ねてみた。

「わたしの母方の祖母は、両親がカナダへ出稼ぎに行っていたときに生まれた子で、今風に言えば帰国子女でしてね。しかし、日本に帰る船の上から、海に転落したっていうことなんですよ」

太平洋に落っこちたら死んでしまうではないか。ということは、この若者もこの世に存在しないことになる。またこいつも訳の分からないことを言うと思ったが、最初のあの侍女以来、久生はもうそんなに驚かなくなってしまっていた。

「ほんとにそうかどうか分かんないですけどね」

久生は黙して次の言葉を待つことにした。

「祖母の話によれば、昭和七年、世界恐慌の不況も長引き、三男だった曾祖父は、そろそろバンクーバーから帰って来いという親の命で、カナダ生活を畳んで帰国の途についたということなんです。祖母はそのとき三つということで、記憶はまったくと言っていいほど何もない。あとで曾祖父や曾祖母から聞かされた話なんでしょうね。船に相当日数乗り続け、あと何日かで日本という頃でしょうか。漱石《そうせき》の夢のお話みたいな退屈な船上で、焼け火箸のような太陽が昇り、日がな照りつけたかと思うと、海にジュワッと沈む日々の繰り返し。船の中では博打三昧《ばくちざんまい》の連中もいたみたいで、石部金吉の曾祖父も誘惑禁じがたく、首を突っ込んだが最後、鴨《かも》ネギ状態。異国で稼いだ金の大半を巻き上げられちゃったみたいで、前夜のその不始末を、船尾の甲板辺りで子どもを抱えて海を眺めていた曾祖母に打ち明けに行き、聞かされた曾祖母は驚きのあまり脱力して、抱えていた幼子をうっかり海の中へ落としちゃったって言うんですよね」

落とすのは下に、だろう。それは放り投げたことになると思ったが、久生は黙って聞き続けた。

「でも、さあ船を止めよ、ったって、落ちたところの手すりに印を付けたところでどうにもならない。そんなとき、暑い季節でしかも日中だから良かったんでしょうね、気丈夫な男がザンブと飛び込み、浮きつ沈みつ潮を飲んでは泣き叫ぶ祖母を捜し当てては立ち泳ぎ、手を振っているのが芥子粒《けし》ほどに小さくなっていく、龍之介《りゅうのすけ》という水夫だったそうです。曾祖母は地滑りのように泣き崩れ、曾祖父はおのが馬鹿さ加減に茫然自失《ぼうぜんじしつ》、以後ふたりは泣きの日々。その船の航海日誌を見れば分かると思いますが、多分『航行中不慮の事故により幼児一人と乗組員一名行方不明』とかなんとか載っていると思いますよ。でも、神はいたのです」

番場は白い指で十字を切った。久生は驚いたが、芝居がかっては見えなかった。

「曾祖父母の帰国後、ようやくあの子は亡き者とあきらめて、遺骸無きまま形だけの葬儀を行ったらしいのですが、その四十九日の法要の朝、よちよち歩きの祖母が鶏と競うかのように庭先に元気な姿を見せたのです。親ふたりは腰を抜かさんばかりの喜びよう。ここまで付き添ってきた若い女によると、航路からかなり南に外れた小笠原の父島経由だということです。風の噂によると、祖母の命の恩人も、故郷の、広島は江田島《えたじま》だったか厳島《いつくしま》だったか、とにかく無事帰り着いたということです」

「おとぎ話みたいだねえ」

「そう、こりゃあもう、おとぎ話です。杣人《そまびと》が雪山で遭難して冬眠中の熊と一冬過ごし、これも家人の行う四十九日の法要の日に帰ってきたという奇譚《きたん》が、江戸時代にあります。さて、生還してきたばかりの祖母は、幼児の神憑《かみがか》りというかトランス状態というのか、家人や近所の人に帰国に至る経緯を聞かれると、決まって竜宮城に行っていたと言っていたそうです。これも曾祖母から聞かされて祖母の脳裏に刷り込まれていったのでしょうが。でも、祖母を自宅まで送り届けた若い女性は、家人がちょっと目を離したすきに居なくなってしまったみたいで。祖母は乙姫様どっか行っちゃった、といつまでも泣いていたというのです。わたしには、真偽のほどは海の藻屑《もくず》みたいなものです。見極められません。ただ、祖母は『お前のひいおばあさんは、トマトのことをトメイートゥと言っていたんだよ』とよくわたしに言っていました。その話の後には必ず、超自然的な力によって海難を救助されたという、自分の話になるのです。今となっては、祖母の記憶に残った曾祖母の肉声と、戸籍にあるだろう祖母の出生地くらいでしょう、異国の香りがするのは。ま、そういった、わたしにつながるかすかな断片を広げて曲想にしたってわけです。……で、あなたの話って何ですか」

久生はしばらくぼうっとしていたが、「あまり他言してほしくはないのだが……」と切り出した。

話に耳を傾けていた番場は、聞き終えると長髪をかき上げ、「あら、面白いじゃない。いい集まりですよね」と乗り気だった。

この入会審査は三人の新年会も兼ね、松の内が明けた頃、京都駅前の雑居ビルにある居酒屋『かめや』で行われた。ボックス席だった。久生の横が手荷物置き場にされ、その席の、人の不在が番場の入会を心待ちにしているようだった。

しかし、この件に関しても白木は慎重だった。彼は「久生さん、会員集めに関する申し合わせを、ちょっとないがしろになさってるんじゃないですか」と、このときはもう仲間になって、この相談事にも参加していた小春の方をチラと見やって言った。

会則のことは詳しくは小春には伝えていない。が、小春はそんなふたりの密談めいた小事にこだわることなく「ああ、またオジサンか。オジサン三人じゃねえ、……ひとり除け者にされる場合があるし。ま、どっちでもいいけど」と意に介さない。

白木は、彼は異類と交わるどころか、竜宮城にも行っていないし、乙姫にも会っていない。その点でも資格なしだし、とにかく、この目と耳、肌で感じたのだという実体験にこだわったが、小春は、わたしたちの場合だって実体験と誰も証明できるわけではないし、今となっては過去の記憶。たとえ個人の妄想であったとしても意識にあるってことは、あるのだし、それが個人のレーゾン・デートルであれば誰も否定できない、なんて小難しいことを言い出すやらで、親睦の寄り合いなのに少しばかり剣呑《けんのん》な雰囲気になった。

議論は紆余《うよ》曲折《きょくせつ》して久生はハラハラしていたのだが、おさまってみれば最初からそう決まっていたかのように話は落ち着き、ふたりは肩を寄せ合い、「何百年も生きてきたんだし」と変なことを言って、笑顔で久生を見た。こうして番場獏が加わることになった。

決定後、市杵小春は「これで四人目か、……会員名簿を作ってもいいんじゃない」と番場のプロフィールを久生に尋ね、スマホのメモ機能にまとめていたが、急に声を上げて言った。

「ねえねえ、みんな生まれ年が十二年ずつ違う。わたしがヘビ年生まれだから、みんなヘビ年だよ」

「それも言うなら巳年《みどし》だろ」と久生は言いたかったが、今の今まで気づかないでいた自分の迂闊《うかつ》さに耄碌《もうろく》を感じたと言えば大げさになるが、主宰者としての目配りに欠けていたように思われた。

「ああ、そうか。ミイか、タツの後。おれたちみんなタツだったら、恰好がついたのになあ」残念そうに白木が言った。

「でもさあ、ヘビもがんばったら龍になれるって話、なかった。化けヘビじゃないけど、劫《こう》を経たヘビはいずれ龍になれるという試練の門の話、あったでしょ」

「それは、登龍門のことかな」遠慮がちに久生は言った。

「そうそう、それそれ」うれしそうに小春が言った。

「あれは、鯉《こい》、カープだよ。鯉が龍になる試練の門。残念ながら鯉はエトには入ってないけどね」

「いいじゃん、なんだって。鯉だってヘビだって、それに龍だって、みんなウロコがあるじゃん、一緒じゃん、同類」

「あんた、もうすぐ社会人なんだから学生のノリは止めなさい」と久生は言いたかったが、小春の跳ねっ返りが眩《まぶ》しかった。

話は盛り上がり、番場を交えた浦島会例会は、四月末、連休疲れの出ない最初の土曜日に行うということになった。そんなに遠くもなく近くもないが、年度にまたがるので、かえってあやふやな先のことだった。しかし浦島会優先ということで、白木の家族サービスは、連休後半。新年を契機に、晴れて実の母親と連絡が取れた小春は、こどもの日前後は母親の居住地近くの伊豆で母と妹と三人、のんびりお湯と新緑を浴びる予定。ふたりはそのように日程調整してくれた。

小春の提唱でラインのグループも作った。というより、スマホを小春に預けたその作業中、久生は大切な胸のうちをいじられている気分だった。

すぐに番場に、その日程とグループラインのことを伝えると、家業の運送業や農作業が忙しく、あまり長期の休暇は取れないが、とにかく前夜には姫路から駆けつけるという返事が返ってきた。番場には仕事に加えて、広島で行われる津軽三味線の全国大会も控えていて、日々の練習もあるのだろう。

メイン行事はびわ湖上で行うと決まった。びわ湖西岸のＡＤ川河口の「びわ湖キッズランド」という県営の施設に集まり、それからびわ湖に繰り出そうというのである。これも小春の提唱による。その話のいきさつはこうだ。

「びわ湖のなかにはいくつか島があるけど、びわ湖の真ん中に岩柱みたいなのが幾つか突き出ているんでしょ。つい最近知ってネット動画でも見たんだけれど、その岩礁に行ってみたいの。言ってみればここはびわ湖のおへそよ。琵琶の撥が当たる、楽器の中心。そこに行ってたっぷりのお水の大きな琵琶と戯れてみたい……」

当然久生は知っている。「沖の白石《しらいし》」と言う。びわ湖には三百人ほどの人々が暮らす沖島があり、神のいつく竹生島があり、久生の訪れた多景島もある。が、もうひとつ、島とは言えないが、湖上に何本か屹立《きつりつ》する岩がある。

「なんで、そんなところに……でも、符丁が合うよ。あそこは四柱《しちゅう》だよ」

「ああ、そうか。今、浦島会会員は四人になったばかり。……わたしもなかなかいいこと言うじゃん、やったね」

「でも、そんな所、どうやって行くんだい。観光船がびわ湖めぐりのルートに取り入れているとしても、遠巻きに眺めるくらいかなあ。湖岸からも見えそうにない、びわ湖の重心みたいなところだ」

「そうよねえ、自力ではなかなか行けないわよねえ。でもね、わたしもこのびわ湖の地で学生生活送ったことだし、久生さんの地元だし、竹生島の弁才天様は有名だし、ま、ご縁があるということで、今後まず体験できない夢みたいなことを思いついちゃったのよ。久生さんの言ってた亀の化け物、なんだっけ、ガメラ？　四匹くらい、いないかしらねえ」

「アハハ、ほんとのガメラならね、一匹で十分なんだよ」

「おふたかた、丹後の水の江の浦嶋子《うらしまご》をお忘れかい」

　ここで白木が話に入ってきた。白木がこんな軽口めいたことを言うのは珍しかった。

「おれはもと丹後半島は伊根《いね》の漁師だぜ。今も小さな釣り船を持っているくらいだ。原動機付きの四人乗りゴムボートならなんとか調達できるかも知れないよ。そんな友だちいっぱいいるぜ」

「いい、いい。それ借りて、白木さん」小春の目が輝いた。

「それより湖面が荒れていちゃ危ないし、当日の天候次第だな」白木は冷静だった。

「雨降れば、湖岸で傘さしてバーベキューでもすればいいのよ。決めた、白木さん、お願いね。暴れて雨降らしたりなんかしないでね」小春は白木に色目を使った。

　前日からそこのテントサイトに泊まり込んで、沖の白石詣では、日の出まもない朝六時出発と決まった。白木は、舞鶴からトラックにボートを積み込んでやって来ることにした。いくら夜遅くなっても、律儀な番場はやってくるはずだ。施設利用手続きなどは久生が受け持つこととなった。後は当日の天候に期待するばかりだ。

飛びかかってくる波しぶきに顔をさらす。

久生は前夜からの酒で酩酊し、少しでも酔いを醒まそうとするが、眠気が波状攻撃をかけ、彼の意識は混濁していた。

「久生のおじさん、気をつけてくださいね」

番場がやさしく久生の肩を抱く。黒髪が甘やかに降りかかる。

前の晩、番場は酒に酔った久生だけをひとけのない湖畔に誘い出し、何の脈絡もなしに自分はゲイでオネエなのだと告白した。久生はとにかく驚いたが、ひとしきり彼の津軽三味線に付き合った。

番場は小春ちゃんから教えられ、ユーチューブも見て勉強したのよと、琵琶演奏用の楽曲を津軽三味線で演奏して聞かせ続けた。秘曲だと言っていた。

おかげで久生は非常な睡眠不足だった。

番場が命より大事にしているという三味線を忍者の刀みたいに背負っているのも、今朝はうとましかった。

「分かってるから、しばらく話しかけないでくれ」

大人げない苛立《いらだ》ちだと思ったが、それにしても白木と小春は、いまいましいくらいぐっすり眠ったはずだ。

「いいじゃないの。うみに落ちて龍神さまになれば」

小春は片手を湖に浸し、ナイフのように湖面を切り裂いている。

「行方定める舵取《かじと》りあってのあんた方だよ、おい。少しはおれの労も考えてくれ」

風で満足に吸えてもいないだろう、煙草《たばこ》をくわえたまま白木が言った。白木はかっこよくて、ハンサムだ……古い言い方がこの男には似合う。久生はそう思った。

鈴鹿の向こうに、東海の彼方に、朝日が昇っている。

曙光《しょこう》を背にした阿弥陀《あみだ》様のような白石がズームアップしてくる。まさに巨柱である。

ボートのエンジン音に負けまいと胸を張っているようだ。一番大きな岩のてっぺんには一本の木が自生し、巨大な榊立てにさしこまれた榊のように見える。

「北へか南へか西か東か、びわ湖のど真ん中よね。こんなところに岩がそびえてる」

感極まった小春は目に涙を浮かべ、キリスト教徒の番場は十字を切った。

繋留《けいりゅう》作業を白木に任せて、岩と岩との間から、三人は二番目に大きな岩に取りついた。

湖面に目をやっていた番場がしばらくして言った。

「あれ？　こんな沖合にカイツブリがいる。どう見ても本物じゃないみたいだし、元はどんな人だったんだろう。あれもいいよねえ。今度はあれになってみたい」

ちょっと大きめの水鳥が波間に見え隠れしている。言われてみればそれらしくない不器用な動きだ。

「昨今は哺乳類以外にもなれるんだよなあ。おれたちなんて、ひょっとして時代遅れ？」

繫留を終えて合流した白木がおどけたふうに言った。

「知らないの？　ホモ・サピエンス・カイツブリって言うんだって。開発費は相当かかったらしいけど、無用層と変わり者の行きつく先なんだって。子々孫々それでいられるから需要も多くて、その分けっこう安く類転換して変身できるらしいわよ」

小春はそう言って「まったく、また百年のうちにすっかり変わっちゃってるし」と、はるか彼方の陸地を見やった。

……三人しておれを担いでいる。何を言っているのか、言われているのか、わけが分からないまま、久生も遠くを眺めてみる。

驚いた。朝日に映える早朝の青い山塊だけだ。西を向いても東を見ても、あったはずの尾根伝いの送電線鉄塔も、山頂や山裾のリゾート施設もない。だいいち出発地点のキッズランドの施設も湖辺の集落も、東の方の市街も見あたらない。それは今、はるか沖合にいるからではない。湖上にはボートもヨットも漁船もない。まるで人なき世界だ。吹き抜ける風の感触も、きのうまでとまるっきり違う……。

久生は三人の後ろ姿を、ひとりずつなぞるように眺めていく。三人が仕掛けた魔法から逃れるにはどうすればいいのかと、気が遠くなりそうだった。

「ここへ来たってことは、百年経ってしまったことだと言ってたわよね」番場がつぶやいた。

小さなイシガメがカイツブリの先導役のように、のたのた浮き上がってきた。

「あらあ、久しぶり。……まだ生きてた？」

「ウイーッス。こっちはマンネンなんでね」

「じゃあ、そろそろ沖の白石出張所に行きましょうか」

小春は救命胴衣を脱ぎ捨て、クネクネ身をくねらせ、ふたつの岩の間にプカプカ浮かんだかと思うと、湖中に身をひるがえした。そしてすぐに顔を出し、プファーと息を吐いた。

「冷たーい」、小春の嬌声《きょうせい》に応じるように「龍之介参上つかまつるゥ、なんてね」と番場が水に飛び込み、「竜神様はおしのびで」と白木が向こうの波間にもぐりこんでいく。

「久生のおじさんも早く早く。何ぼうっとしてるのよ。弁才天様とまたつながれるかもしれないよ。おじさんのトシに似合いの弁才天様だよ。奥さんかも知れないけど」

三人はイシガメとともに次々に湖中に消えていった。

あの小生意気な侍女の澄ました顔(小春だったのかもしれないと思った)も脳裏をよぎり、

どうなとなれという見境のない衝動が湧いてきた。
久生もおそるおそる朝のさざ波に身を浸した。
ホモ・サピエンス・カイツブリが羽で手招きして、なれなれしく近寄ってくる。

あやしの桃

学内のカフェテラスは、いつものようにほどよい混み具合で、穏やかな昼下がりを迎えていた。

「ねえ、コモ。あんた、どうすんの。予約は早い方がいいんだから」

春香《はるか》が「韓国ソウル―グルメとショッピング、二泊三日」という格安ツアーに誘ったのは、去年の秋だった。混雑を避けて五月の連休が終わってからにしようということだった。初めての海外旅行が韓国か。Kポップもあまり興味ないし、チーズダッカルビも食べてみたけど、ちょっと騒がしい国のような気がして、そのとき小桃《こもも》はあまり気が乗らなかった。しかし春香はネットでふたり分の予約を取ってしまった。

春香の韓国志向に本格的なスイッチが入ったのは、自分の名前と同じラブストーリーがあるのを知ったからだった。東洋版ロミオとジュリエットだと、まるで自分の手柄のように「春香伝《しゅんこうでん》」の話をした。ツアーの二日目の行程をキャンセルして、その舞台となったナモンという町に行ってみようというのだ。

小桃は池袋にある大学に入学した早々、春香と知り合った。関西出身の春香は、大きく括れば韓国オタクということになるのだろうが、高田馬場《たかだのばば》の安アパートに住むちょっと変わった女子大生だった。思い込みの激しいところはあるが、裏表のないさっぱりした性格だった。

冬休みが終わって、春香と駅前のスタバで馬鹿話に興じているときだった。

春香はこの旅行に関して、またひとつ耳寄りな情報を手に入れていた。

「ね、ね。時期はぴったりよ。連休明けの八日からナモンで『春香祭《しゅんこうさい》』ってのがあるんだって。わたしのお祭りだよ」

それを聞いて、小桃も春香に合わせたようなこのイベントをうれしく思った。小桃も韓国に一度行ってみたいと思うようになっていたのだ。

というのは、家族みんなでお正月のお祝いをしたあと母が小桃を別室に呼び、「あなたももう一人前の女だから」と言って、ある物を見せてくれたからだ。「女だから」という言い方が気に障ったが、それは、いわば母系を示す年代物の書き付けと黒ずんだ銀のかんざしだった。

「わたしもおばあちゃんから受け継いだんだよ。パパと結婚するときに持たされたの。朝鮮由来よ」

小桃は使うこともなさそうなかんざしの重みを手で量り、しげしげと眺めた。そして巻紙を伸ばして、書かれている字面を何度も食い入るように見つめ解読を試みた。運筆が流麗で、特に始めの方は古文書など読んだことのない小桃には、あまり分からなかった。とにかく、くわしくはいつか大学の国文学か書道の先生に見せて教えてもらおうと考えた。

母は「これはいずれあなたに渡すときが来るからね。お嫁に行くとき、代々持たされたとっても大切なものなんだから」と言って桐箱《きりばこ》にしまいこんだ。

小桃はこの系図のことをかいつまんで春香に説明した。

「でね、ハルカ、さあ。そん中にナンバラって地名らしきものがあって、梁氏《りょう》の女と読めるのもあるのよ。梁という字はね、どうも『はり』っていう字みたい。家屋の、なんていうか、横の柱ね」

「それ、ヤンていうんだよ。韓国にはけっこう多い名字」

「あら、そうなの。わたしあんまり詳しく知らないし。……最初に漢詩みたいな難しいことが書いてあってさあ、そのあとヤンさんが出てきて、それからはずっと日本のことになってる。今の愛媛県だれそれ、滋賀県だれそれというふうに旧国名のあとに名前。うちの母はね、埼玉県佳音《かのん》って書き加えたって言ってた」

「ふーん、そうなんだ。……で、ナンバラって、ひょっとしてミナミのハラでしょ。うん、サウスフィールドでしょ？　じゃ、それ、ナモン（南原）だし。やるじゃん、うらやましいなあ。何か大いにわけありね。コモはヤンさんの流れね。コモには深いいわれありそう」

「いわれ？……そんなの、ハルカにも、誰にでも、あるわよ」

小桃は通りを行く一人一人を検分するように眺めた。人知れず手招きしている人がいるかもしれない。

「わたしの名前の小桃、……実はね、小桃っていう人、わたしの十一代前にいるのよ。母に訊いたら、ああ、そうなのよ、いい名前を見つけたと思って、パパと相談してそれに決めた、だって。リサイクルの新商品じゃないんだから、まったくもう」

「わたしだって似たようなものよ。コモはJRの関空特急『はるか』って聞いたことない？」

「ない」

「そっかァ……とにかく、その『はるか』がわたしの生まれたときに京都から滋賀の草津まで延伸されたから、だって。それにわたし三月生まれだし」

「ふたりとも、いいかげんな名づけだね。……それでね、あの紙によると、ナモンの女の人から数えてわたしは十七代目ってことになる」

「もしかして、あんたチュニャン（春香）の末裔《まつえい》？　だったらわたしの子孫よね」

ったく、春香《しゅんこう》になりきってるんだから、ハルカは、と小桃もこんがらがって笑いが込み上げてきた。

「……んなわけないでしょ。だいいち、『春香伝』って実話なの？」

「いや、そうじゃなさそう。それにシェイクスピアみたいな天才の作でもないみたい」

「伝説でいいんじゃない？　そっちの方が美しそう」

春香は今年になって、週一回語学学校に通い、韓国語を勉強中だ。旅のナビゲーターとして心強い限りだ。ときどき彼女の暴走を制するとして、春香が頼りになることはまちがいないと小桃は思った。

ソウルから高速バスに乗って三時間、到着したナモンはごくありふれた田舎町だった。テーマパークの会場で、伝統音楽やダンス、韓服のファッションショーや曲芸、シルムという相撲大会などを、ふたりはお上りさん感覚で見て回った。春香は恋人体験ブースとやらで「春香」になりきってご満悦だった。

会場を出たふたりは古くからの市街地に出向き、かなり広めの大衆食堂に入った。周囲の客からは、こんな地元食堂に観光客らしき若い女が来るのかねという好奇の目を向けられたが、そんな場所だけに春香の韓国語が頼りに思えた。

しかし春香はまだ興奮さめやらず、映画を観たあとのように「キーセンの娘と貴族のイケメン、カンリョウのオウボウ、ミブンセイ」などと、さすがに日本語だったが、小声でぶつぶつ物語のプロットを述べ立て、小桃に同意を求めてくる。「春香祭」に日本の若い娘が来ているのかという雰囲気がますます漂い出すのが小桃にも分かった。少し恥ずかしくもあったが誇らしくもあった。

年配の女が注文を取りに来た。春香が「韓定食ふたつ」と注文すると、店員は「春香伝」に関して何か言ったらしく、春香はメモ帳を取り出し、「春香」と書いて、「ｈａｒｕｋａ」とルビを振り、「わたしの名前は春香と言うんです」と言ったらしかった。

意が通じなかったのか、店員はあいまいな笑みを返し、厨房《ちゅうぼう》の方に去って行った。

春香は満足げなようすで、「ねえ、コモ、わたしの韓国語もなかなかのものでしょ。コモもしゃべってみたら。ねえ、コモ」と意気軒高だった。

すると隣のテーブルにいたおばあさんが、連れらしき人たちとの話を中断して、大きな声で春香に話しかけてきた。

「アニムニダ、チングイェヨ」と春香が答えた。

「何て言ったの」

「コモはわたしのおばさんかって聞いてきたから、いや友だちだって言ったの。コモというのは、韓国語では父方のおばの意味なの」

オバサンなら春香の方だと小桃は思った。

「コモの遠いご先祖はナモン出身だと言ってみるわ」

「ちょっとォ、ハルカ、余計なこと言わないでよ」と小桃が抗議したが、春香は考え考え、話を始めてしまった。

おばあさんは春香の話にあいづちを打っていたが、聞き終わるや、早口でさっきの十倍くらいしゃべった。

「今度は何て言ってたの」小桃は少し心配だった。

「じゃあ、わたしの大昔のおばあさんは、この娘《こ》の大昔のおばあさんと姉妹だったかもしれないね。人は誰でもどこかでつながっているものなのさ。みんな家族みたいなもんだよ」

小桃は相当あやしいなと思ったが、春香によればそういうことだった。

テーブルの上にとても食べきれないたくさんのおかずやチゲが運ばれてきた。

小桃は何から手をつけようかと迷ったが、銀色のスプーンを手にすると、牛骨スープをひとくちふたくちすすった。

「マシッソ（おいしい）」

小桃は微笑《ほほえ》んだ。

*

チジョンは、朝鮮国の白丁《ペクチョン》である。ペクチョンというのは、牛や豚などを解体して皮革を取り扱い、肉を供する料理人のことで、最下層の賤民とされていた。

出身地は慶尚南道密陽《ミリャン》の町から北にずんずん歩いていった先にある僻村《へきそん》で、痘瘡《とうそう》で亡くなった子どもは俵に詰めて縄で縛り、古代の王をそうしたように、大木の枝に吊して、魂を鎮めるようなところだった。

チジョンは天からたぐいまれな美貌を与えられていた。幼な子のときから、その器量はひときわ人の目をひいた。だから少し大きくなるとミリャンやプサンの町に連れて行かれ、美服を着せられ尻を売るよう言われた。実入りのいい商売に父親は喜んだ。

しかし声変わりがして筋力がついてくると、やはりペクチョンの仕事に就かされた。チジョンもこちらの方が自分に向いていると思った。まもなく父親は亡くなったが、そのころには兄や姉たちは、知らぬ間に転がり出たビーズ玉のように家から消え、音信がなくなってしまった。

しばらくするとチジョンも、足腰の悪い母親を振りきるようにして家を出た。母親は泣いて止めたが、チジョンはプサンの市場で牛豚や犬の皮を剥《は》ぎ、肉を捌《さば》き、部位を分別し、干し肉や味噌《みそ》漬《づ》け作りにも励むようになった。ここで解体調理の手際よさを見込まれ、役人に命じられ倭館《わかん》で朝鮮側の饗応《きょうおう》料理を任されることもたびたびあった。そうして対馬《つしま》藩の役人や日本人貿易商と接するうち、日本語が分かるようになっていったというわけだ。

ある日、チジョンは役人に呼び出され、お前は日本に行くことになったと告げられた。

どういうわけでそういうことになったのか分からないし、悪いことをした覚えもない。チジョンはわけが分からなかった。

お前は腕がいいから、この度計画されている通信使一行の料理番として、日本の江戸まで随行するのだと言われた。老齢の母親もいるし、清《シン》国への使いならまだしも、海峡を渡って蛮国に行くことなどまっぴらだと言いたかったが、言っても仕方のないことだった。

粛宗《しゅくそう》の四十五年（一七一九年、享保《きょうほう》四年）四月、ソウルを発した一行に、プサンからの人員が合流し、六月二十日に船出することになった。九回目の使節団は総勢四七五名、チジョンは二十二歳だった。

一行はまず対馬の府中に向かい、対馬藩士らとともに準備を整えて下関に入港し、八月二四日そこを発《た》った。ここからも海路である。

大坂残留となる百名あまりと別れてからは、淀川を御座舟でさかのぼり、淀城から陸路となる。京都大津で宿したあとは中山道《なかせんどう》に入り、家康上洛《じょうらく》の吉例の道に折れ、びわ湖からの風を左手に受けながら、一大沃野《よくや》を大行列が進行していくということになる。

一行はどこでも歓迎され、農民たちも野良仕事の手を休めては、行列見物に集まってきた。身なりからして異国のものだし、大名行列とは違い、心おきなく眺めていることができた。

九月十四日は彦根泊である。このときチジョンは行列の中にいなかった。チジョンは今夜のために先行していたのである。

京都や名古屋では日本側から晩餐《ばんさん》の饗応がなされるが、彦根では日本側が準備してくれている食材を使って、自分たちでまかなわなければならない。すでに牛一頭を皮革業の者が解体しているとの知らせを受けている。彦根藩は豚も数匹用意しているとのことだ。これはこちらで手にかけるとして、とにかく牛豚の肉準備に時間がかかるのだ。だから一番《いちばん》鶏《どり》がまだ眠っている頃、宿を出た。

同行のギョンイルとともに彼は朝の道を急いでいた。目的地まであと半時というところで、道の脇に祠《ほこら》があり、ごぼごぼと水が湧きだしている泉を見つけ、ふたりは喉を潤している。ギョンイルと国の言葉でやり取りをしていると、声をかけてきた女があった。

「朝鮮のお方にござりますか。まだまだ日中は暑くなりそうでございますねえ」

女は思わず発してしまった言葉と、そのなれなれしさに我ながら驚いたようすだった。言葉が出てから、首筋から頰《ほお》にかけてみるみる上気していくのが見て取れた。

縞《しま》木綿の小袖に、帯を引っかけ結びに締め、束ねた垂髪には吹流しの手拭をかけている。女は少しあわてた思いを何食わぬ表情でとりつくろうと、風呂敷包みを地蔵様の横においた。ふうと息を吐くと、観音のような頬に笑みを含み、チジョンとギョンイルを等分に見やった。そして柳の腰をかがめて、泉の水をひと口含んだ。

「城下の、チョ、チョガンサ（宗安寺）に行くのでござる」

女の仕草を目で追うばかりだったチジョンは、目的の寺を思い出したが、とっさに「そうあんじ」という言葉が出てこず、恥をかいたような気がした。ギョンイルは成り行きを見守っていた。彼は日本語を覚えようともしない男だった。

「朝鮮のご一行様なら、宗安寺でございますね。もうすぐでございますよ」

右斜めから見つめられているせいか、大きな涼やかな目の、左の方がより大きく見え、その分、愁《うれ》いを含んでいるようにチジョンには思えた。

「どう行けばようござるのか」

簡便な地図も渡され、道は教えられていたのだが、彼はこの女ともう少し話をしたかった。経験したことのないときめきが収まらない。誰かに指摘されて、池底に沈んでいる幼い日の一葉を拾い上げたような気がした。眠っていた記憶がもぞもぞ動き出したような感覚があった。

女は水に浸した手拭をキュッと絞り、首筋をぬぐった。甘い汗の匂いが脂粉にのってかすかに漂った。潤んだ目でチジョンを見上げた。

「ここをまっすぐ行けば芹川《せり》という川がございます。そこを渡ってふた町《ちょう》ばかり行きますと四つ角がございます。左に曲がってお濠《ほり》沿いにしばらく行けばすぐお分かりになりましょう」

「パーリ、カジャ（早く行こうぜ）」

ギョンイルがチジョンをせかした。朝っぱらから異国の男に声をかけるなんて、ただの尻軽女じゃないぜ。イルボン（日本）の淫売だ。

ギョンイルの目はそう語っていた。チジョンは何度も何度も振り返って、見送る女を網膜にとどめておこうとした。

「クーヨジャルル、ターシマンナゴシポヨ（あの女にもう一度会いたい）」

ギョンイルは馬鹿を言うなという顔をして先を急がせた。

ギョンイルに淫売だと思われた女は桃《もも》といった。近郷の長瀬《ながせ》村の百姓娘である。仔細《しさい》あって少しばかり村を出るところであった。

長瀬村には二畝《ふたせ》ほどの桃林があって、その中の格別な大木は野神の大桃と呼ばれていた。桃はその木の根もとに捨てられていた親知らずの赤子である。それを村はずれに住む弥助《やすけ》という男が拾い上げ、桃と名づけて育てあげたのだった。弥助は毎朝、村の結界にある桃林に入り、その棟梁《とうりょう》のような大桃を拝みに来ていたし、子のなかった弥助夫婦にとってはまさに天からの授かりものだった。

桃は大きくなるに連れ、器量の良さが際だっていった。だから桃と育ての親に対する嫉妬から、あれは狂った雄ギツネが花咲く桃に恋狂い、あろうことか桃の木に生ませた娘だとか、出羽の浜辺に流れ着いたオロシアという異国の血を引く者の系譜に違いないなどと、さまざまな因縁話も生まれた。

弥助が桃を連れて商家の下肥え汲《く》みに行っていたこともあり、その群を抜く美少女ぶりは、やがて城下の町まちに知れわたることになった。

やはり、手島《てしま》という用人役のお侍からの使者があり、表向きは私邸での下働きだが、手習いもさせ行儀作法を身につけさせ、いずれは養女にして、しかるべき名家に輿入《こしい》れさせたいとの申し出があった。弥助は丁重に固辞したが、手島の執拗《しつよう》な要請と破格の支度金に脅され、桃を差し出した。身請けのようだった。

それで桃は十四のときから屋敷奉公に出た。

当初は女だてらに綴《つづ》り方《かた》や算術を知る喜びなどを言っていたが、二年ほど経つと、暇をもらって帰ってくるたびに、目に見えて腰の肉がついてきた。年頃とはいえ、弥助夫婦は桃の勤めに言いようのない不安を感じるようになっていった。手島のよからぬ噂も聞こえてきた。桃の顔色も冴《さ》えなかった。

桃が十八になる頃には、表情に薄汚れた翳りが漂い出した。何かに取《と》り憑《つ》かれたように視線が定まらないこともあった。

ある日の真昼間、逃げ込むように桃が帰ってきた。うち沈んだ表情であった。弥助は今度は遠慮することなく桃を問いつめた。観念した桃は泣き崩れて、自身に対する手島の奇行を言葉少なに訴えた。

ひどい話だった。桃をおもちゃにするにもほどがある。聞いていて反吐《へど》が出そうだった。こき使う牛や馬にも愛情を注ぐというものだ。桃は恥ずかしくて、十のうち三ほどしか語っていないに違いない。

弥助は鋤《すき》を持ち出すと土間の一角を掘り起こし始めた。そして油紙で包んだおいた小壺《こつぼ》を取り出すと、外に飛び出した。

「話をつけてくる」

斬り捨て覚悟の直訴《じきそ》だった。弥助は手島邸へ乗り込んだ。

「弥助めにてございます。ほかならぬ桃のことで……」

神妙な顔をして丁重に取り次ぎを頼み、邸内で手島とふたりきりになると、大事にしまい込んでおいた大金を、手島に突き返した。

手島は一瞬憤怒の形相になったが、事情を悟ったふうに、すぐさま取り澄ました。

「分かった。もうよい。……だが、あの娘は、石の女ぞよ」

弥助は桃にこの放免を伝えた。桃の顔は一瞬のうちに晴れやかになり、みるみる生気を取り戻していった。

弥助はほとぼりがさめるまで、誰にも内緒で、栗ケ畑《くりがはた》という山村に住む弟の弥次郎《やじろう》のもとに桃を隠し預けることにした。

桃はその日、晴れやかな気分で弥助とともに家を出た。途中、幾人かが憩う懐かしい泉に通りかかった。

泉には赤ん坊を背負った女の子がいた。水遊びに興じるやんちゃな男の子をとがめる若い母親の姿もあった。旅の途中らしき若者もいた。桃は自分も少しばかり水浴びの一羽になりたいと思った。そこで弥助から離れてこう言った。

「父さんは先にいらしてください。すぐに参ります。少し水に触れとうございます」

チジョンに出会ったのは、このときだった。


チジョンはすでに宗安寺にほど近い足軽長屋の庭先にいた。庭の一隅《いちぐう》に柵で囲われた急造の豚小屋があった。屋根もあり萱《かや》で葺《ふ》いてある。

その庭で、藩が長崎から取り寄せておいた豚を日本人の応援部隊が押さえ込み、ギョンイルと協力して四肢を縛り上げる。転がった豚の脳天にチジョンが渾身《こんしん》の棍棒《こんぼう》を振り下ろす。甲高《かんだか》い悲鳴が響きわたる。喉元の頸動脈《けいどうみゃく》を牛刀の切っ先で突き切ると、満水の堤に穴が空いたように生き血がほとばしる。……次の一匹。時間との勝負だった。チジョンたちは三匹さばいた。残りは帰路の料理用に生かしておく。

しかし、ふだんは一撃で仕留めるはずのチジョンの手元が少し狂った。日本のペクチョンたちは気づかないだろうが、ギョンイルに気づかれてはいまいかとチジョンは心落ち着かなかった。

宗安寺の北隣の町人宅にしつらえた料理会所にもどってから本格的な調理作業に入ったが、牛肉を部位別に人数相当の塊に切り分ける作業にもあまり気合は入らなかった。日本の料理人もある程度は手順を承知しているだろうと思い、これはギョンイルの指示に任せた。

チジョンひとりになると、三使を始め上官のあぶり肉用に豚の切身、下官以下には煮和《にあ》え用の腸、それらを準備する作業に入った。

無心に調理しているように見えたが、チジョンはあの女を思っているのだった。殺生《せっしょう》をしているときに女を思うなんて、おれはどうかしていると思ったが、チジョンはどうにもできなかった。チジョンは何度もため息をついた。チジョンはこれまで恋心などというものを知らなかった。

ギョンイルはチジョンの放心の原因を知っていた。

だから翌朝、チジョンがどうにも具合が悪くて動くこともできないと、料理人担当の朝鮮の役官に訴え出たとき、この愚直な男のわがままを聞いてやってもよいと考え、チジョンの容態の悪化を強く訴えた。

役官は朝鮮の食の楽しみが減るのではないかと思い、ちょっと不満だったが、歩くこともままならぬ病人を連れて行くこともできない。そこで豚小屋の足軽に米一斗を給する代わりに、江戸からの帰りまであの男を軒先か豚小屋に置いてもらえないかと、通詞を使って藩の役人に交渉させた。

チジョンはここに逗留《とうりゅう》し、女を捜すことができるようになった。

一行が出払ってしまうとチジョンはまず、例の湧水池に向かった。

そこで一日女が現れるのを待った。きのう見かけた街道沿いの竹垣はすでに撤去されていた。均らされて掃き清められていた道も、はやすでに人馬の踏み跡が目立つようになっていた。道を行き交う者はチジョンに不審の目をくばり、清水を汲みに来る者も飲む者も、チジョンを避けるようにそそくさと立ち去っていく。一日目はそうして暮れた。

チジョンはそれから、この清水近隣の集落を尋ね歩いた。点在する在所を二町三町と、集落内をぐるぐる経巡り、ときには川を越え、遠方の集落まで一里二里と足を伸ばしていった。田仕事をしている若い女を見かけると、その相貌が明らかになるまで畦道《あぜみち》に座り込んでいた。

そのうちにおかしな唐人が近辺をうろついて物騒だという噂が立っていった。必死の形相でふらふらとさまよい歩き、誰かを捜しているふうだが、口を開けば「美しい女を知らぬか」というだけで、よく意が通じないし、怖くて近寄りがたい。

この苦情は代官や奉行《ぶぎょう》の耳にも入り、チジョンは夜、豚小屋にやって来た町奉行の下役から、行動にはくれぐれも注意するようにと釘《くぎ》を刺されたが、チジョンの目は炯々《けいせい》と輝いたままだった。

弥助はそろそろ桃を呼び戻すことにした。その後手島からは何も言ってこなかった。何の動きもなかった。

弥助がそう思い始めた十月十五日の夜は新月で、森も人家もすみずみまで黒闇《こくあん》に塗り込められていた。深夜、ふたりの賊が村はずれの弥助宅に忍び込み、弥助が気配を察する間もなく弥助と妻の口をふさぎ、短刀で心臓をひと突きした。

賊は、ふたりがピクリとも動かないのを確かめると、手燭《てしょく》を灯《とも》し、静かに簞笥《たんす》の中をひっかき回した。奥の間の仏壇をずらし、神棚の榊《さかき》を抜いた。音も立てずに床の一部を上げ、土間にあるいくつかの瓶や壺を横ざまに転がした。賊は終始無言だった。弥助と妻は虫の息すらしていなかった。

こうして弥助の住まいは静かな夜盗に乱暴に荒れ散らかされた。

ところが男たちが村を出ようとしたとき、一陣の突風が湧き起こり、桃林がうなり声を発した。恐怖に駆られた男たちは桃林に分け入り、やみくもに刀を振り回しながら逃げた。桃林の遠吠《とおぼ》えはしばらく男たちを追い続けた。

翌朝、大桃の枝が一本、三尺ほど切り落とされていることに気づいた村人がいた。

異変といえば弥助夫婦がまだ起き出していないのを不審に思い、戸を引きあけたとき、惨状が目に飛び込んできた。村人はあわてて庄屋の家に駆け込み、この強殺は代官や筋奉行の知るところとなった。ふたりのあと始末については、事が事だっただけに、喪主なきまま庄屋の指示の下、村人の手で早々にとりおこなった。娘の桃に知らせようにも行方知れずだった。ふたりは村の墓地に埋葬された。

この間、さまざまな憶測が飛び交った。

百姓とはいえ、弥助の家にはたいそうな金子《きんす》がまだあるはず、弥助が娘の桃を売った大金を何かに使ったフシもない。家の中の荒らされようがそのことを物語っている。金目当ての居直り強盗に違いないというふうに、話は一応落ち着いていった。

いやいや、桃を取り戻した弥助に対する手島様の腹いせだ、しかもそうとは思われぬよう、かなり時が経ってからの仕打ちだ、お侍の考えることはしんから怖ろしい、と思う者はあっても誰も口に出さなかった。

藩の役人はチジョンを疑った。

下手人《げしゅにん》は、彦根の町なかから毎日毎日近郷近在に出没し、誰かを求め歩いていたあの居残り朝鮮人を置いて他にはあるまい。

チジョンは、遺体が発見されたその日の午後、奉行所に引っ立てられた。

藩の重臣たちは焦っていた。将軍吉宗に謁見《えっけん》し、国書を交わし合った通信使一行はすでに江戸を出て、藤枝宿に入っているという連絡を受けていた。この件で正使との交渉ともなれば事はややこしくなるばかりである。早くこの男に白状させ、処罰しておきたかった。十分疑わしいのだから。

「その方、昨晩はどこにいた。長瀬の弥助のところであろう。神妙に申せ」

チジョンは背をむち打たれ、したこともない正座に顔をゆがめ、石板まで載せられた。足のすねがぼきぼき壊れていきそうだった。激痛に身が分解しそうだった。苦痛で言葉を吐けないでいると棒で突かれ白州《しらす》に転がされた。

チジョンはうめきながらも、こう反論した。

「夜はマンゾーの小屋におりまする」

すぐに足軽の万蔵《まんぞう》とその妻が召喚されて、厳しく問いただされた。

万蔵は日頃の付き合いからチジョンはそんなことをする男ではないと思っていたので
「さて、夜のことどとて何も存じませぬ」とかばった。万蔵の妻もまた正直な女だった。

「チジョンはいつも庭の豚小屋で子豚を抱いて寝ておりまする。わたくしは小用が近くてゆうべは三回雪隠《せっちん》に通いましたが、豚どもはチジョンを取り合うような格好で団子になっておりました。わたくしも一度はあんないい男に抱かれて寝てみたい」などと余計なことまで申し述べた。万蔵は顔をしかめた。役人は苦虫をかみつぶした。

事態は暗礁に乗り上げた。チジョンを死罪にするには証拠もないし自白もない。そんな矢先にゆゆしき事態が出来《しゅったい》した。

領内の長浜町内に潜んでいた浪人風情の武士ふたりが乱心を起こし、大暴れして刃傷《にんじょう》沙汰《ざた》に及んでいるとの報《しら》せが彦根町奉行所に伝えられたのだ。取り押さえた者によると、ひとりは「手島が弥助を殺せと言った、手島が殺したのだ」と大声で叫んで匕首《あいくち》を振り回し、今ひとりは刀を振り回し「桃を斬った、桃を斬った」と意味不明のことを叫んでいたそうだ。

娘の桃は現場に居合わせていなかったはずだが、念のため代官所の下役に申しつけて、村に走らせ確認に行かせた。すると桃は桃でも、野神の大桃の枝が一本切り落とされていることが判明した。切断面は血を垂らしていたという。

この件は町奉行から老中職にも伝わり、あらためて内目付に用人手島の素行について下問すると、手島には以前からよろしからぬ風聞はあったが、やはり女癖の悪さや不品行ぶりが具体的に露呈した。老中は藩主に伺いを立て、極秘のうちに、城内で実行犯を仕置きすることとなった。弥助殺しのふたりは「主の思いを曲げて解し、領内の無辜《むこ》の民を殺害せしこと許し難く」、即刻、討ち首となった。

手島は重大な監督不行届をとがめられ、お家取りつぶしの上、御城下領内追放処分となった。

翌朝、チジョンは釈放された。

いきさつはよく分からなかったが、チジョンはとにかく長瀬村の桃という娘を尋ねてみようと思い、弥助の家に駆けつけると、家を守る者は誰もいなかった。チジョンは、庄屋を通じて筋奉行に、通信使一行が彦根にやって来るまで弥助の家に滞留することを願い出た。

藩として、証拠もないのに無実の男を拷問にかけたという弱みもあってか、この無茶な願いは許可された。朝鮮国の使節団の一員でもあり、身元は確かだったからだろう。チジョンは日に一度は宗安寺に出向き、一行の進み具合を尋ねたいという願いも申し述べた。チジョンはここで何日か起居し、村人から桃のゆかりだと聞かされた大桃の木を眺め、桃の出現を待ち続けた。村人の話では、桃はどこか遠くに出かけており、いつ帰ってくるのか分からないということだった。

帰国の足音も近づき、チジョンは命旦夕《めいたんせき》に迫る思いだった。

初七日の法要は村の僧と庄屋や組頭、それにチジョンの数人でいとなまれることになったが、チジョンは作法が分からず、居心地の悪い思いをしていた。


栗ヶ畑の弥次郎は、ひと月経っても兄から何の音沙汰もないことが気がかりで、桃を連れて一度山を下りてみることにした。

生家に着いてみると、役者みたいな美形の若者が出てきて、門口で茫然《ぼうぜん》としている弥次郎と桃をじっと見つめている。家の中は、兄と兄嫁の法要の真最中であり、腰を抜かさんばかりに驚いた。桃は親の死を知って泣き崩れるばかりである。

この若者がここにいる次第も含めて、込み入った事の仔細は、庄屋が手短にまとめて伝えてくれた。チジョンは、恋いこがれていた娘と再会して天にも昇るような気がしたが、声には出さなかった。

　法要を終え、落ち着いたところで、あとは弥次郎と桃にまかそうということになって、村の者はその場を引きあげていった。チジョンは帰ろうともしなかった。

　弥次郎は、居残った朝鮮人の男に困惑したが、この上は、いずれ自分がこの家の家督を相続せねばなるまいと考えていた。そこで桃に、いったん栗ヶ畑に戻り娘婿とも相談して、近いうちに、これからのことについて話しにやって来ると言った。

「桃よ、それでよいか。それまでに万一また何かあったら、あの庄屋さまのところに駆け込めばよい」

「ひとりでは、夜が怖ろしゅうございます」

　言い終えると、チジョンに目をやり、うつむいた。

　チジョンは一行がもうすぐ浜松宿に入ると聞かされている。

「拙者がここを発つまで、あと四、五日ござる。それまで桃どのをお守りいたす」と臆面もなく言った。

　弥次郎はあきれたふうにふたりの顔を見比べ、再度チジョンの出立予定の日を確認し、栗ヶ畑に帰っていった。

それから束の間のふたりの生活が始まった。夜になるとふたりはそれぞれ莫蓙を延べ、夜具を被った。手を取り合って眠った。

十月二十六日には大垣入りとの連絡を受けた。

翌二十七日早朝、チジョンは宗安寺に出向き、すでに顔なじみになっている藩役人に交渉し、早くから一行の夕餉《ゆうげ》の準備に取りかかった。

万蔵の豚小屋の豚は、どうしても手にかける気にはなれないので、放っておいた。

チジョンはまず大量の牛骨を大鍋に入れ、香味野菜とともにじっくり清水で煮込んだ。牛の切り身も焼くだけでいい状態にしておいた。ついでに、日本人に牛肉の味噌漬けの作りようもていねいに教えておいた。それから料理会所で日本の肉料理人と協力して、雉《きじ》や鶏の料理も作り置いた。藩が取り寄せておいた羚羊《かもしか》の干し肉は、水で戻してから細かく刻んで、すり下ろし大蒜《にんにく》と醤油に漬け込んで下官以下の夜に備えた。

あいにくの雨の中、昼前にギョンイルら先行組が到着した。

ふたりはおよそ一ヶ月半ぶりの再会を心から喜び合った。チジョンは、自分の身に起こった不幸と幸運をギョンイルに伝えた。チジョンの冤罪《えんざい》の件は、前もって名古屋での宿泊地の役人に伝えてあったらしく、ギョンイルはそのことを知っていた。

「どうだい、桃とやらは。いい女だったのかい」

「いや、まだ分からない」

チジョンは照れた。

チジョンは雨に濡《ぬ》れそぼったまま桃のところに帰ってきた。桃が用意しておいてくれた盥《たらい》の湯ですぐに行水した。身を拭いながら、そなたも湯水を使うがよいと桃に言った。桃は「もう頂戴いたしました」と小さく答えた。

そういえば髪を丸髷《まるまげ》ふうに結い上げ、百姓家のものとは思えぬ銀のかんざしを挿していた。

チジョンはかまどに火を入れると、竹筒に入れて持ち帰った、牛骨と薬草を煮込んだ汁を土鍋で温めなおし、膳の前に座っている桃に勧めた。今夜は自分が夕餉を準備するから、お前は動かなくていいと、出かける前に言い置いていたのだ。

桃はおそるおそる、碗の中の熱いそれを、固めの盃《さかずき》のように、ひとくちふたくちすすった。

「マシッソ?（うまいか）」

チジョンが桃の顔色を窺《うかが》いながら訊いた。

「ええ」

チジョンは今度は七輪に火をおこし、竹の皮に包んで持ち帰った牛肉を焼いた。獣肉の焦げる匂いが食をそそった。焼けた肉を、醬油と酢を入れた手塩皿に入れると、桃に食ってみるように言った。

　この日は、ふたなのかの仏事の日でもあった。桃は心の中でしばし両親に手を合わせ、ここにいるのは異国の人、どうか肉食をご勘弁くださいましと許しを請うた。

　チジョンは肉を食った。桃もチジョンにならって、口に運んだ。麦飯を食った。ふたりはきのうおとといに比べて口数少なく、お互いの心にお互いの心が入り込んでいるような気がした。

「あすはいよいよお発ちでございますか」

「正使様ご一行に合流せねばなりません」

　チジョンは、万蔵の妻から餞別《せんべつ》としてもらった瓢簞《ひょうたん》の酒をトクトクと盃に注いだ。手ずからぐいと呑《の》んだ。呑んでから桃に盃を手渡した。桃も流れを受けた。いくたびかふたりで盃を重ねた。

　雨足が強まってきた。桃が油の火を吹き消した。ふたりはいつものように床に就いて手を取り合った。

　少ししてチジョンが桃を引き寄せようとした。桃はほんのしばらく身を固くしていたが、磁石に引き寄せられる針のようにチジョンの胸に顔を埋めた。そしてチジョンの厚い胸に

郵 便 は が き

お手数ながら切手をお貼り下さい

5 2 2-0 0 0 4

滋賀県彦根市鳥居本町655-1

サンライズ出版 行

〒

■ご住所

■お名前《ふりがな》　　■年齢　　歳　男・女

■お電話　　■ご職業

■自費出版資料を　　希望する ・ 希望しない

■図書目録の送付を　　希望する ・ 希望しない

サンライズ出版では、お客様のご了解を得た上で、ご記入いただいた個人情報を、今後の出版企画の参考にさせていただくとともに、愛読者名簿に登録させていただいております。名簿は、当社の刊行物、企画、催しなどのご案内のために利用し、その他の目的では一切利用いたしません（上記業務の一部を外部に委託する場合があります）。

【個人情報の取り扱いおよび開示等に関するお問い合わせ先】
サンライズ出版 編集部　TEL.0749-22-0627

■愛読者名簿に登録してよろしいですか。　□はい　□いいえ

ご記入がないものは「いいえ」として扱わせていただきます。

愛読者カード

ご購読ありがとうございました。今後の出版企画の参考にさせていただきますので、ぜひご意見をお聞かせください。なお、お答えいただきましたデータは出版企画の資料以外には使用いたしません。

●書名

●お買い求めの書店名（所在地）

●本書をお求めになった動機に○印をお付けください。

1．書店でみて　2．広告をみて（新聞・雑誌名　　　　　　　　　）
3．書評をみて（新聞・雑誌名　　　　　　　　　　　　　　　　　）
4．新刊案内をみて　5．当社ホームページをみて
6．その他（　　　　　　　　　　　　　　　　　　　　　　　　　）

●本書についてのご意見・ご感想

購入申込書　小社へ直接ご注文の際ご利用ください。
お買上 2,000 円以上は送料無料です。

書名　　　　　　　　　　　　　（　　　冊）

書名　　　　　　　　　　　　　（　　　冊）

書名　　　　　　　　　　　　　（　　　冊）

頬をすべらせて「赤子の私に添えられていた形見でございます」と言い訳めいたことを言って、銀のかんざしをはずし、そっと枕元に置いた。


夜の雨は明け方には上がっていた。

別れの朝、桃は一枚の巻紙を広げて見せた。

「わたくしが大桃の根っこに生まれたとき、銀のかんざしと、この紙が添えられていたそうでございます。七つになった年に父が明かしてくれました」

書き付けにはこう書かれていた。

桃之夭夭　灼灼其華　之子于帰　宜其室家
南原梁氏女　日本伊予かや　江州なみ　同あさ　出羽国むめ

「日本」以降の書きぶりは筆跡も異なり、字体もたどたどしく、何かのたびに書き加えたように思われる。

「わたくしには何のことやらよく分かりませんが、父弥助はこのことがずっと気になっていて、ご城下の町屋の肥え汲みに行ったとき、勇気をふるってこれを宗安寺のお坊さまにお見せして、教えを乞うたそうでございます。それによりますと、始めのほうは唐国《からくに》の、ずっとずっと昔の古い詩で、お嫁に出す娘を自慢するような内容だそうです。次の『南原』

というのは、どうもあなたのお国の土地の名で、太閤様《たいこう》の時代に、ひどいいくさがあった所だそうにございます。そして次に日本と書いてあるから、最初の持ち主は、おそらく朝鮮は南原の梁というお方の娘子で、この国に連れて来られたお方ではないかということです」

日本という字の形は知っているが、チジョンは字が読めない。

「あなたさまにも多少とも縁のあるこのかんざしを、どうかわたくしとお思いになって、お持ちくださいませ」

桃ははらはらと涙を流し、かんざしを差し出した。チジョンはそれを大切に懐中にしまい込むと、「このかんざしはお前のものだ。いずれ返しに来ようぞ」と言って、後ろ髪を引かれる思いで出立した。

通信使の一行は、年明けの一月七日無事プサンに到着した。

チジョンはそこでお役ご免となり、市場近くの小屋に戻ると、旅の疲れがどっと出てきて二日二晩眠りこけた。目覚めると、すぐミリャンに向かい、母のもとに駆けつけた。桃のかんざしは肌身離さず持っている。

母親は七ヶ月ぶりに息子の顔を見ると、また顔じゅうを皺《しわ》でくちゃくちゃにして「もういつ死んでもいい」と泣いて喜んだ。「そんなことは言うな」とチジョンはたしなめたが、かなり弱っていて満足に歩くことも出来ず、これはもうそんなに長くはないなと思った。

チジョンは持ち金のすべてを母のもとに置いてきた。嬉しいことに長姉一家が母の近所に住むようになっており、姉はチジョンの元気な姿と、ずっしり重い孔方銭《こうほうせん》の束を見て喜んだ。

チジョンは、再びペクチョンの仕事に精を出した。頭の中を占めているのは、一日も早く桃の顔を見に行くことばかりである。チジョンは体の続く限り働いた。彼はどんな面倒な仕事でも引き受けた。

この間、母の死の報に接し、しばらく喪に服することもあったが、一年経っても二年経っても、次回の通信使の予定はまるで聞こえてこない。

そこで倭館に出入りする日本の商人に近づき、日本渡航のつてを探した。腕のいい料理人としてのチジョンの名は少しは知られていたし、逞《たくま》しい体つきは苦役《くえき》にも向いていた。何かの折には通詞としても使えそうだ。

足かけ四年にして道が開かれた。

チジョンは長崎に向かう日本船に乗り込んだ。長崎で利助《りすけ》と名を変え、しばらく荷揚げや積みおろしの港湾労働に従事し、また金を貯め、下関に向かった。そこで西廻り航路の船に乗り込むことができ、大坂にたどり着いたのだった。

大坂の地におり立って、いよいよの気持ちがつのってくる。弥生三月、彼岸の入りで街は華やぎ、港も商家も以前にも増して隆盛を極めているようだった。

ふたりの間に生まれた女児は小桃と名づけられた。母親の桃には多くの男が言い寄ってきたが、桃はどこにも縁づかなかった。

長瀬村で暮らすことにした弥次郎夫婦は、小桃を孫としてすこぶるかわいがった。小桃はすくすく育ち、言葉数も日を追うごとに増し、その愛らしさは桃の子どもの頃のようだと村人たちは言った。

しかし、三つの頃、はやり病の痘瘡が小桃にも取り憑いてしまった。

小桃のいたいけな身は高熱を発し、吐き気やまず、全身に発疹《ほっしん》ができた。治りの徴候も見られぬまま、小桃は冷たくなってしまった。桃は、黒装束の悪い冗談が肩の上に止まったまま、飛び去らないでいるような気がした。

桃は大声で泣いた。ほとんどもの言わず食事もとらず看病に明け暮れていたその分、泣き続けた。弥次郎も妻のおたねも悲しみにかきくれたが、悲嘆に打ちのめされる桃を見ていることはもっとつらかった。

桃は小桃を抱いて離そうとしなかった。

「桃よ、いつまでもこうしてはいられないぞ」

心を鬼にして弥次郎は言った。弥次郎は、村の住職に枕経だけでも上げてもらい、夜伽《よとぎ》をしようと桃を説得した。

満月が東の空に浮かび上がった通夜の夕刻、前触れもなくチジョンが帰ってきた。見覚えのある家の中に入ってみると、布団をかぶった小さな体があって、顔は白布で覆われている。それを囲んでいた桃と弥次郎夫婦が振り返った。桃が駆け寄り、チジョンに身を預けると、胸の中でおいおい泣いた。チジョンはまったく事情がのみこめなかった。弥次郎が「お前の子だ」とチジョンに告げた。まさか、あのときの子だとは思ってもみなかった。チジョンは白布を取りのけた。少し微笑んだようすの幼な子がチジョンの目先にあった。

チジョンの足腰から、背や手から力が抜けていき、言いようのない悲しみと憤りがこみ上げてきた。

桃は疫病にたたられた無念さを嘆き、病神の侵入を防げなかった無力さを詫《わ》びた。おたねは、つい先日までの元気なようすを語り、雀《すずめ》を追い、蝶《ちょう》を求めて跳ねるさまを伝えた。

チジョンは、息もせず眠り続ける我が子を前にして、「アイゴーアイゴー」と慟哭《どうこく》した。ミリャンのときの母親の何倍も何十倍も泣いた。

我が子を取り上げると、しばらく抱いて離さなかった。

通夜の儀式がひととおり終わると、チジョンはおずおずと桃に申し出た。

「今夜のうちに、この子を木に吊して、天に送りたい」

チジョンの故郷では、痘瘡で命を落とした子どもは俵でくるみ、荒縄で十文字にしばって大木の枝に吊してそのまま放置することになっていた。チジョンは、ミリャン近郊のひとけのない栗林で、そのさまをたびたび目にしていた。チジョンはその意味や、死骸が最後にはどうなるのか誰にも聞こうとしなかった。ただ、痘瘡の精を腐らせ、子どもの魂を天に翔《か》けさせるためなのだろうと思っていた。

「それは、いかにも、むごうございます」

桃はチジョンの目をまっすぐ見て言った。

「しかし、それがあなたのふるさとの習わしなら、一晩そういたしましょう。野神の大桃の木に抱いていただきましょう。一晩だけでございますよ」

ふたりは小桃に綿入れを着せ、菰《こも》にくるむと、今を盛りと花を咲かせている桃林の大桃まで運び、木の股に座らせるように安置した。大桃の枝葉がサワサワ揺れた。

「ここで夜伽をいたしましょう」

春なかばとはいえ、夜の屋外は冷え込みがきつい。チジョンと桃も菰をかぶり、拾い集めてきた小柴と薪《まき》で火を燃やし暖を取った。それに手をかざしながら桃は膝を伸ばした。

チジョンは片膝を立てて座り、火を絶やさないようにした。

そうして頭上の小桃のもと、この間の互いのできごとや相手への募る思いを語り合った。小桃の生まれたときのようす、言葉を覚え始め、あちこち歩き始めた頃のこと。台風による川の氾濫で生きた心地がしなかったこと。チジョンが今にも助けに来ると思えたこと。チジョンは枯れ木のように亡くなった母のことを言った。子どもたちのことを思うことしかなかった母のことを言った。兄や姉とごくたまに連絡が取れるようになったこと、利助となって日本の地を踏んで以来、行き交う若い女がすべて桃に思えたこと。長崎からここまでやって来た道中のことを言った。

話は尽きなかった。小桃も黙って両親の睦言《むつごと》を聞いているような、あたりの静けさだった。やがてチジョンも桃も、焚《た》き火《び》もまどろんでいった。

静けさの中で羽音がして、何かが飛び立っていく気配がした。

闇の中で、ひらりはらりと降りかかってくるものがある。それはぼたん雪のように次つぎと舞い落ちてきた。はらりひらりぽたりと花びらは落ちてきた。気がつけばふたりは、ありったけの桃の花で全身を飾られていた。

東の空が白むころ、がさがさと音がして、子どもがむずかる声が聞こえた。驚いたチジョンが、桃の花弁に彩《いろど》られた菰の縄を解いて見ると、小桃がすやすや息を吹き返している。

血色が戻って痘瘡の痕跡もなくなっている。

すぐに家に連れて帰り、粥《かゆ》をすすらせ寝かせると、半日で元気になった。起き上った小桃は、見慣れぬ男に驚いた。桃が「ととさまだよ」と言って、チジョンに抱かせると、身をよじって逃れようとする。チジョンがぎこちなくあやしてみると、戸惑いつつじっと父親の顔を見つめていたが、しばらくするとすっかり懐いた。

おたねと桃は赤飯を炊き、丸く握った。桃は、それを桟俵《さんだわら》に載せ御幣を差し込み、野神の大桃にお供えし、手を合わせた。御幣は桃の木にお礼を言うように風に揺れたが、大桃は咲き誇っていた花のすべてを失っていた。

小桃は、ひとしきりはしゃいでいたが、夕餉を終えるとチジョンのあぐらの中でぐっすり寝込んでしまった。チジョンは壊れ物を扱うかのように寝間に運び、そっと横たえた。桃は夜具をかけ、小桃の腹のあたりを軽くたたいて調子をとりながら、静かに歌を歌った。チジョンは遠くで打つ砧《きぬた》の音を思った。

あのときの雨音にかわって、月光が家を包み込んでいた。

利助ことチジョンは、次の朝鮮通信使の来日(一七四八年)を待つことなく、その前年にこの地で果てた。

桃はそれから十年生きた。

＊

ふたりが食事を終え、店を出ようとしたとき、おばあさんはまだ仲間とぺちゃくちゃおしゃべりに夢中になっていた。

春香は「さよならを言うわ」と言って、「ハルモニィ（おばあさん）、アンニョンヒ・ケセヨ」と手を振った。小桃は軽く一礼した。

「カセヨォ」おばあさんは大きな声で言った。小桃は店の外に出てから、「カセヨと言ったよ、ハルカと違うじゃん」と訊《たず》ねた。

「人を見送る場合は、アンニョンヒ・カセヨって言うの。気をつけて行っといで、って感じかな」

ふーんと言って見上げると、街路樹の若葉が揺れていた。

あしたの姉弟

京都島原《しまばら》の太夫《たゆう》道中の、かむろと傘持ちを従えての、地をあやすかのような内八文字歩きの艶麗さにみなが息を呑《の》み、スマホを笏《しゃく》みたいに打ち立てて写メ動画、「こったい」の装いすべてを剥《は》ぎ取《と》ろうという勢いに、いっこうかまわぬ太夫は観衆引き連れて参道をしゃなりしゃなり練り歩き、鳥居前の電車線路と並行する国道の、その向かいにある控え所に消え去ろうというところであった。

で、居抜きにあったような下社《しもしゃ》の境内は、その余韻が収まり着くところを探しあぐねているふうだった。

初夏の逢坂《おうさか》山の薫風が境内を吹き抜け、木々の青葉若葉が一枚一枚サラサラめくられ、銀の鱗《うろこ》となった陽光が降りそそいでいる。

詩人会の例会で、会員のキリコさんが、おもしろい催しがあるからとみんなにチラシを配っていたことがあり、それを覚えていて見物に来ていたのだが、吹き抜ける風がまことに心地よく、声楽ソプラノ、よし笛、狂言、ギターの弾き語り……つぎつぎ繰り出される芸能演目に、風がしたたるように命を吹き込んでいく。

関蟬丸《せきせみまる》神社芸能祭の演目は、能楽『蟬丸』の「道行き」奉納に始まり、琵琶演奏で終わることになっている。太夫道中の次は、最後から二つ目の演目のはずだった。出番である地元の和太鼓保存会の面々が、出演準備に手間取っていたわずかなすきだった。

弊衣蓬髪《ほうはつ》の年老いた女が風のごとく、舞台となっている拝殿に駆けのぼり、プログラムにはない、髪を振り乱しての妙な語りを始めたのだ。あまりにも突然のことだった。誰も止めなかった、誰にも止められなかった。

女は竹製の長い鳴り物を用いて、何やらジャラジャラやり始めた。

誰かが、目前の光景に、あ、という声を発したが、次の瞬間には同じ者か別の者が、ほう、という嘆声を吐き出していた。

「ただ今説きたて広め申す御物語、国を申さば近江《おうみ》の国、関大明神上社《かみしゃ》の弓手《ゆんで》の脇に『ふたがみ』と言われておわします御本地をあらあら尋ぬれば、これもひとたびは凡夫にておわします。人間にての御本地を尋ね申すに、時を申せば嵯峨《さが》の御代《みよ》、国を申せば豊前《ぶぜん》の国、光正《みつまさ》なる徳有る人のましますが、男子にても女子にても、子という字があらざれば、……」

人々のざわめきが、ひたひたと波紋を生み出していく。芸能プロから派遣されている司会進行の女が、ここで止めた。

「あらあら、ご熱心な演技ですが、今日のプログラムにはありません。みなさん、ごめんなさい。いったい、どなたなのでしょうね。御奉納、ありがとうございました」

その声を待ちかねていたかのように、黒いイベントウェアの実行委員の男たちが登場し、女はなかば力づくで舞台から引きずり降ろされてしまった。

「蟬丸さまはあらゆる芸能音曲の神様でいらっしゃいますから、ただいまの飛び入り、びっくりされつつも、さぞお喜びのことでしょう」

司会の女がそう取りなしたときには、人々のとがめる声ごえを引きちぎるようにして、みすぼらしい姿の女は神社から転《まろ》び出て行った。ゴキブリのような逃げ足の早さだった。

老婆のわりには胸がふくよかだった。

踏切の警報音が鳴り始めた。

老婆?……キリコさんだ。キリコさんに違いない。キリコさんはそんな人だ。

寒い中庭でのあのときと一緒だ。

「キリ姉《ねえ》、キリ姉」と、その場にいたみんなに背中を押されるようにして、粗末な仮設ステージに上がったキリコさんは、ひょいと黄色いビールケースに飛び乗り、スマホを操作してユーチューブの楽曲をひねり出すと、それを黒のスキニーパンツの後ろポケットに押し込んで、「じゃ、歌うから。今夜も私の夢の中で…」とかなんとか言って、マイクを握りしめると大きな声で歌い始めたのだ。アンプがキリコさんの声の麗《うるわ》しさを後追いしていく。

「夢の中、心の中、世界の中、眠りの中、彼女は…」というしっとりとした歌い出しだったが、「私たちはもう別れましょう」という歌詞のあたりから転調になって（ここでキリコさんはデニムのファーコートを脱ぎ捨てた。中は白のTシャツだった）、最後は「あなたとセックスしたーい、だけど私は歩いて、歩く」と三回リフレインし、とどのつまりの「歩いて、歩いて、歩くんだよおー」は絶叫調になって失神寸前だった。

十一月中旬、あっというまに真っ暗になってしまった夕刻の六時頃だった。

ぼくはキリコさんから、わたしの学校の学園祭においでよと誘われ、顔を出していたのだった。部活動を終えて集まっていた全日制高校（校舎は同じ建物だった）の女生徒たちみたいに熱狂してはいなかったけど、ただただポカンとしている聴衆もいた。

それに加えて、キリコさんからあのラインメールがあったのは、一月半ばだった。

――シンガオくん、元気にしてる？　あたしは自業自得《じごうじとく》とはいえ、新年早々に行われるかるた大会を見学しに行ったあと、一日中ほっつき歩き、風邪を引いて、それが長引いてあやうく肺炎になるところだった。そんなことが長々と書いてあった。さらに伝えたいことがある、ということだった。

ぼくが去年の春、県の詩人会の門をたたいたとき、どう言っていいのか分からず「ニューフェイスです」と、恥ずかしい言い草で簡単な自己紹介をしたのだが、それからキリコさんはぼくのことをシンガオくんと呼ぶ。

詩人会のメンバーは、二十歳代はぼくとキリコさんだけで、あとはどう見ても六十を越えている人たちばかりだった。ぼくたちふたりはいつもトシの若さをうらやましがられていた。会員の書く詩も、ぼくらと違って、人生を振り返ってみたり自然の生命力に感嘆したりするような内容のものが多かった。それにキリコさんとは不思議にウマが合った。だからメールのやりとりはあった。

一月中旬のときは、駅の中にあるパン屋のイートインで彼女と会った。客の回転が速く、ちょっと長居しても引け目を感じることはなかったが、あのときも周囲をはばからぬキリコさんの声だった。

キリコさんは、自分は出家するわけではないけれども、この先いくつまで生きられるか分からないし、この際、今後の人生を先取りして米寿の祝いをやってしまうのだと、いきなり言った。それから話のジェットコースターにぼくは振り回された。

こんな、とんでもないことを言っていたキリコさんが、翌月の詩人会の終了間際に久し振りに姿を現した。まさに老婆の姿だった。

「ジャジャーン……還暦も喜寿も過ぎちゃったって感じでしょ」

合評会の進行役を務めている男は、部屋に入ってきたキリコさんの姿を見るなり立ち上がったが、すぐさまへなへなと座り込んでしまった。

「どうしたの、キリちゃん、その格好」「役者さんになったの」「今日はもう終わりだよ」

…………

詩人仲間から次々に言葉が飛び交う。ぼくは「本当だったんだ」とつぶやくだけだった。キリコさんの説明によると、舞台向けの老人メイクや特殊メイクもやっているという大阪のスタジオに出向いて、老婆に化けてきたということだ。あっけらかんとキリコさんは言った。その後も、居合わせた詩人たちから、さまざまな言葉が飛び交ったが、キリコさんはにこにこ老嫗《ろうおう》の笑顔で応えつつ、「じゃあね、みなさん。詩も作ってますよ。また来月来ますからね」と足取り軽く研修室を出ると、地域文化センターを後にした。

詩人たちは、キリコさんに中断された会後の諸連絡や会報の発送準備に、再びそろそろと取り組み始めた。自然農法実践家でもある八十歳の詩人会会長が、「ああいうの、ゴスなんとか、……ゴスペルって言うんでしたっけ」と誰に言うとなくつぶやいた。

「コスプレ、ですよ」

会員名簿を確認しながら女性会員のひとりが言った。

ぼくが「あれはキリコさんだ」と思い至った瞬間から、過去の様子をいろいろ思い浮かべて、少しく間があった。

観客席のパイプ椅子を離れ、キリコさんを追って境内を抜けようとしたときには、古都の地下鉄に乗り入れているこの私鉄の、緑と白の瀟洒《しょうしゃ》な電車がゴーゴーと向こう側をふさいでいた。この日、踏み切りの安全のために近くの駅から駆り出されている警備の駅員に、キリコさんの行方について尋ねようかとも思ったが、いらぬ詮索をされそうで、ぼくはそのまま遮断されていた。

轟音《ごうおん》が行き去り視界が開ける。

線路を越え、踏み切り脇の歩道を左右に遠く見渡しても、キリコさんの姿は見えなかった。赤信号の長い長い遮りのあと、横断歩道を渡って向かいに渡った気配もない。道の向こう側の歩道にもそれらしき姿はなかったのだ。であればこの日の特設駐車場に向かったに違いない。そこに車を停めておくかタクシーを待たせておいていたのだろう。二、三分の時間差なら、それしか考えられない。あとは……テレポーテーションだ。キリコさんならやりかねない。

ぼくは何かにひかれるように関蟬丸神社の上社に向かった。国道一号線沿いに、ここから歩いて十分もかからない。そこには逢坂《おうさか》の坂神が祀《まつ》られているし、芸能神としての蟬丸も合祀《ごうし》されている。確かキリコさんと思《おぼ》しき芸能者は、関明神の「かみしゃ」と言って、その由来について語り始めたはずだった。だったら上社に向かったのかも知れない。そう思ったのだ。

山に挟まれて、国道と電車線路が細長い羽目板のように並行し、その板のすきまの溝のようなところに、資材置き場や小さな民家がぽつぽつへばりついている。周辺に比較的民家が建て込んでいる町中の下社とは立地条件が違うのだ。そもそも駐車スペースもないし、この山峡を細々と走る私鉄電車で最寄り駅まで行って、そこから引き返すとしても国道沿いに歩かねばならない。

ときおり、狭い歩道をトビウオのように向かってくる逢坂越えのロードバイクとあやうくすれ違いながら上社を目指す。国道と立体交差する名神高速道路を仰いで少し歩くと、道路横断用の信号がある。ボタンを押し、青信号を待って向かいに渡った。

急な石段が迎えてくれる。それを二十数段上ると赤い質素な木の鳥居があり、さらに斜面の石段を上り詰めると拝殿のある広場に出る。社殿は国道を睥睨《へいげい》するように控え、車の通行音は神域に吸い込まれてしまうようだ。

夕湿り、という言葉はあるのだろうか。初夏のさわやかな頃だというのに、神社は皮膜になった水に包まれているようだった。人は誰もいない。

境内をくまなく探してみると、やっぱりキリコさんがいた。

拝殿からさらに石段を二十段ほど上り、また五段上ったところに、広さ三畳ほどの本殿がある。その薄暗い一角に、膝を抱いて座る子どものような、若い老婆の姿があった。

「誰か、来ると思っていたわ、……君だったのね」

「普通は誰も、こんなとこ来ませんよ。ぼくが来たのも偶然といっていいくらいですよ。ほんと、どうかしてますよ、キリコさん、ここんとこ」

「あのね、……説経節という中世の芸能にはまってるの。一種の語り物よ。ちょっとやりすぎたけど、大勢の前で、一度それを披露してみたかったの。シンガオくんは知っているかな、説経節。安寿《あんじゅ》と厨子王《ずしおう》のお話もあるのよ」

キリコさんは大きな竹のブラシみたいなものを取りだして左手に持ち、右手の細い棒でジャラジャラと鳴り響かせる。

「宇佐《うさ》神宮に行ってきたの。そこで大昔の巫女《みこ》さんに乗り移られて、ときどきその女の人になっちゃうの、わたし」

競技かるたの全国大会を見物しに天智《てんじ》天皇を祀る神社に行った際、二羽のドバトに導かれるようにして、近くにある宇佐八幡宮に迷い込んでしまったというのだ。その境内でしばし意識をなくしていたそうだ。それから四、五日、熱にうなされ、夜になると夢遊病者のように外をさまよい歩くこともあったらしい。その末に神のお告げをありありと聞いたというのだ。それにしたがって、勧請元《かんじょうもと》のいわば本家の、大分県の宇佐神宮に向かい、なんどかお詣りするうちに、本格的に憑依《ひょうい》された、ということらしい。老婆に化けて詩人会にやって来たあのときの二ヶ月前のことだ。

キリコさんは思うところあって高校を一年で中退して、その後アルバイト先を転々としたが、三十歳を前にして生き直しに目覚め、今は夜間定時制の高校に在学している。仕事としては湖上を遊覧する観光船のスタッフをしているということだ。

以前の彼女の言によれば、そのバイトも毎日ということではなく、四連勤・五連勤もあれば、休みの続くときもあるということだ。シフトを調整すればある程度の期間、九州に出向くような時間的余裕は十分にあるだろう。それに彼女の気まぐれをもてあましている看護師のお母さんからの、ため息混じりの金銭の援助もあるはずだ。

「そこで、さっきの話も仕込んできた、というわけですか」

「仕込んだのじゃないの、乗り移られたの」

「ん、じゃあ、セッキョウブシっていうのは」

「あ、これは、古本屋さんで見つけた本に書いてあった。あの憑依の内容を表現するにはこの賤民《せんみん》芸能しかないって思った。それで『ささら』という鳴り物もネットで調べて買っちゃった。これよ……」

　さっきの竹製のものだ。

「これで四千五百円」

「ま、珍しい楽器みたいだから、そんなものですかねえ」

「そうだよねえ」

「じゃ、関蟬丸神社の縁起、続きをやってくださいよ」

　ぼくは少しくらいなら聞いてもいい気がしていた。暗くなるまでにはまだ時間がある。ここでなら、彼女の異形もそんなに変に思わない。

「じゃ、始めるわね。どこまでいったかな。そうそう、豊前の光正の説明よねえ。……子という宝のなきを夫婦ともども嘆きに明け暮れ、のう御台《みだい》や、なんじとともに十歳《ととせ》になるも、子がないのが何より無念よな。なんじはいかにと申されば、御台所はきこしめし、昔が今に至るまで、子のない人は、いずかたの神仏にも参りて祈れば子種授かる由、光正殿も申し子なされとあれば、光正、げにとおぼしめし、宇佐八幡におこもりある。……」

「あの、途中で悪いんですけど、意味がよく分からないし、訳すというか、今の言葉で、お話みたいにしてくださいよ。古文じゃ難しくて」

「あらそう。頭の中にこびりついているものが、そのまま口をついて出てくることが多いんだから仕方ないわ。でも、分かりやすく言い直すわね。しばらく我慢して聞いてよ」

「はい、分かりました」

キリコさんに従うしかなかった。

「長者夫婦はみそぎし、口すすぎ、二の御殿の比売《ひめ》大神に七日七晩不乱に祈れば、大神、いかに長者夫婦の者、これまで参り、子を願う気持ち、ゆゆしきことなれど、なんじらに不憫《ふびん》のことあり、それを語って聞かせ申す。

……というのはね、ふたりには前世の因縁《いんねん》があって、ツバメやキジに無益な殺生《せっしょう》をしたために子どもができないというのよね。

さるにても、心ひとつに申し子せしゆえに、また、長者の有徳《うとく》、早くより聞こえしゆえ、近江の逢坂山《おうさかやま》に授けし神の子をなんじらの子とする。

……なぜ逢坂山かというとね、ちょっと話が込み入っちゃうんだけど、筑紫《つくし》の大宰府《だざいふ》に赴任してきた小野朝臣岑守《おののあそんみねもり》という人がね、その前年は近江守《おうみのかみ》で、逢坂山に坂の神を鎮座せしめたのよ。その縁で、比叡《ひえい》の根本《こんぽん》中堂建立《こんりゅう》地鎮の際に、筑紫より招かれた盲僧が築いた常楽院《じょうらくいん》の二代目満市坊《まんいちぼう》という人に、神の子を授けてあったんだけど、それを光正夫婦の子とするというの。そしてね、またこの先十二支がひと巡り半するならば、御台《みだい》の腹に男児を授けるつもりだと言ったのよ。でも、条件があるの。

　なんじらの子が生まれるまで、筑紫に赴《おもむ》きて、わが命を受け、民草のために尽くすべし。

……というのはね、九州各国や対馬壱岐《つしまいき》から大宰府へ訴状を持って来た者は、その間、役所の宿所に間借りしたり、あるいは村里の軒端に宿を借りたりするんだけれども、疫病や不作が続き、いったん病を得て手足が動かなくなると、療養所もないし役人も地元の人も死を嫌うから、路頭に迷うことになって風霜にさらされるの。飢え凍え、死する者十に七、八ということよ。

　岑守、之《これ》を深く憂《うれ》え、この者ども救わんと、一存にて、檜皮葺《ひわだぶき》七屋の続命院《ぞくみょういん》を建立し、墾田百十四町を給し、以《もっ》て飢えと病に備う。しかれども、善行久しく引き継がるるためしなし。いずれ墾田は廃田となり、院の屋上に草ぐさ生い繁ること火を見るよりも明らかなり。

……で、子を授ける代わりに、長者たる光正が大宰府に出向いて岑守を助け、またその遺志を継げ、ということなの」

「うーん、よく分かりませんけど、そのご褒美みたいにずっと後に生まれるという男の子が蝉丸？」

「そうよ。光正夫婦はその後、小野岑守亡き後も、いわば救民施設の続命院維持に命を懸けたの、私財なげうって。で、満願かなう十八年目、七月《ななつき》の患い九月《ここのつき》の苦しみの果て、当たる十月《とつき》に、玉のような子どもを生んだっていうわけ。幼名は犬丸《いぬまる》。でもね、あら、いたわしや、御台所は産後の肥立ちが悪くてみまかっちゃったの。……それにね、犬丸は五歳のとき、はしかが原因で失明しちゃうの」

「あ、そうか。蟬丸は盲目でしたよね。お母さんも出産後、すぐ死んだんですか。ずいぶんな高齢出産ですよね。十八年後なんて」

「そう、四十四歳の時。ありえないわ。でも、蟬丸は、宇佐八幡は比売大神の申し子だから、これは奇蹟《きせき》ね。このとき、二代満市坊っていう盲僧のもとにいた同じく神の子の、姉のサカガミも十二支ひと巡り半で、十八歳」

「サカガミなんて妙な名前ですね」

「能の『蟬丸』では、逆《サカ》立つ髪《カミ》の毛の『逆髪』として登場してくるけれども、やはり坂の神様よね。サカガミはその名の通り、フジョ、巫女《みこ》さんだったの。逢坂山を本拠として各地を巡り歩き、神社の本地物を謡い歩いていた。でも、扱われ方は賤民、社会の底辺で貧窮を極めていたの」

「よく勉強しましたね。ぼくは蟬丸って言えば『これやこの……』っていう百人一首の歌くらいしか知らない。難しいことは分かんないですよ」

「普通そうよねえ。しかたがないわ。でもね、わたしにはサカガミが憑依していて、いろいろなこと教えてくれるの。まぼろしの父母に報いるためにも、この話、広めなくてはならないのよ。これは役目だと思うようになったわ」

「で、蟬丸は、その後どうなるのですか」

「零落した父の光正は、よわい五十一。二代目満市坊のサカガミ養育同様、もらい乳をしながら必死で我が子を育てた。そして犬丸が目が見えなくなってから二年後、七つになったとき、意を決してその手を引いて大宰府から逢坂山に向かったの。盲僧の三代目満市坊に弟子入りさせるため。逢坂山に常楽院というお寺を開山した満市坊の名は、以後、二代三代と引き継がれ、琵琶奏者としての名声は九州にも聞こえていたのよ。

光正親子はみちみち乞食《こつじき》しながら、山や川を左手に見ては難波津《なにわづ》までの長旅。海が尽きると、今度は川を逆《さか》行く淀伏見《よどふしみ》、やれうれしやと四宮《しのみや》河原にたどり着く。でもね、王城近くの地を踏んで、光正はここで力尽き、哀れをとどめたの。光正の亡骸《なきがら》は、めしいた子を引き連れての旅のつらさを知る河原の帳外者たち、すなわち戸籍のない者たちの手によって、荼毘《だび》に付されたの。それからみなは、いたいけな犬丸引き連れ、えいさらえい、えいさらえいと逢坂山の常楽院に届けたというわけ」

「ここで姉のサカガミと出会うというわけですか」

「うん。このとき姉は二十五、弟は七つ。サカガミはさっきも言ったように二代目満市坊に託された比売大神の子。満市坊はある明け方、門前で泣いていた赤子の声で、この不思議な夢の神託から目覚めたの。以後、周囲の手を借りながらも必死で育てたのよ。いつの日か九州の光正に返す神の子として。

　ところが彼も突然病魔にむしばまれ、五十三歳で亡くなってしまうの。その臨終のとき、彼は、夢のお告げで聞いていた彼女の出自を、初めて打ち明けた。サカガミは流涕焦《りゅうていこ》がれて、おおいに泣いたわ。彼女は物心ついたときから、母の存在のカケラもないことに不思議を感じていたけれど、それからは自分は人の子でないことを強く意識して生きるようになったの。

　そして育ての親の死から五年目にして光正の子、犬丸と出会うことになる。やがておおいその子どもの素性《すじょう》を知っていくんだけど、驚きやらうれしさやらで身がふるえる思いがした。けれども、自分が神の子で、犬丸の姉に当たることだけはけっして明かさなかった。父の光正も犬丸に対して、お前を逢坂山に連れていくのは、琵琶法師にするためだとしか言っていなかったので、犬丸だけが何にも知らなかった。

　その後十年近く犬丸は三世満市坊の厳しい指導を受け、師に従い歩き、常楽院はもとより、ときに坂本《さかもと》の山王権現《さんのうごんげん》や三井寺《みいでら》の門前境内で、また四宮河原を行き交う人々相手に、語りや琵琶演奏の生活をしながらの、日々のたつき。サカガミが普段手にしていたのは鼓と、つまびくための弓。時には、盲僧たちの琵琶とのセッションもあったわ」

「見てきたみたいですね」

「そうよ、見えている」

キリコさんは意に介さない。

あたりが暮れなずんでいく。ぼくは場所を変えたかったが、話の流れから言って、ようやく佳境に入っていくようだし、そうとは提案できなかった。木々が、夜の空気を少しずつ吐き出していく。

「ところで……あたし、きれい？」
十七、八の女の子じゃあるまいしと口に出かかったが、「決まってるじゃないですか」とぼくは言ってしまった。詩人仲間たちは冷やかしたりなどしなかったが、ぼくが以前からキリコさんに惹《ひ》かれていることは確かだ。今の老け顔のメイクも、無理して女の一代記を演じる若い女優を感じさせる。
「……でしょ。うれしいわ。じゃ、またサカガミを呼び出すわ」

キリコさんは再び演奏に取りかかった。ジャラジャラジャラというささらの音だ。

「……犬丸、日ごろの精進実を結び、弦かく指のはや撥《ばち》ひとつ撥、三世の教え身ひとつに染みわたる音の見事さや、その恩をぞ返し撥、身の奥掻《か》き撥の、いずれ時ほどけ身とろけ、妙《たえ》なる音色に乗りて天空へ……という具合に周囲も驚くほどの上達ぶり、高齢の三世満市坊が、この門跡はもうお前に譲るということで、十六歳のときに若くして四世満市坊の名をいただくことになったのよ」

「やりましたね、ついに。努力の甲斐《かい》あって。父光正の願いもかなったというところですね」

教科書通りの合いの手のようで、ぼくはキリコさんの反応が気になった。

しかし、キリコさんはここで深いため息をついた。

「……この年、八五七年、文徳《もんとく》帝の最後の年に、それまで関としての必要もなくなって廃止されていた逢坂の関が、あらためて開設されて、関明神と称されるようになっていたの。……何が言いたいかといえばね、ここからこの姉弟の神格化が始まるというわけ。あとづけね」

「よく分かんないです」

「あのね、あとで蟬丸と言われるようになる四世満市坊もサカガミも、ごく普通の人間だったということ。神の子といっても、祭り上げられるほどの奇跡も起こしていないし、人間離れもしていない。それにね……ふたりは常楽院を拠点にして、他にも盲僧や占術師や遊芸民はいたろうけど、ほぼ同じ空間で暮らしていたと言ってもいいくらい。姉サカガミは盲目の弟のことが、日を追うごとに、いたわしくいじらしく思えてくるのは当然だし、蝉丸の方は自分に優しく接してくれる年輩女性という以上に、好意を持ち始めたの。生身の人間として。惹かれ合う男と女の気持ちが芽生えていったのよ。……ところで、君はいくつ」

「二十一、ですけど」

「そうだったわね。わたしは二十八。七つ違いね。……このふたりの年齢差は十八。好き合う男と女に、年の違いはあんまり関係ないわよね」

ぼくは何かを見抜かれたようで、ちょっとたじろいだ。からかわれたのかもしれない。

「だって、犬丸は大人の女性の面影といえば、母の死後、妹に当たる叔母に面倒見てもらった時期があったくらいで、ほとんどない。その顔つきの記憶も、目が見えなくなって以来、少年になったその頃は、それこそ影絵みたいにおぼろげで、輪郭もぼやけてしまっているの。しかし、声や匂いは記憶している。だから、神の命で光正夫婦の子となったサカガミに、それめいたものを感じることがあったのよ、きっと。……ということは十分考えられる」

「キリコさんのサカガミが、そう言っているんですか」

「それは、……ヒミツ」

すでに夏の虫がすだき始めている。

「十六歳になった四世満市坊は、あ、……この人、後年、蝉丸という名前で呼ばれる人々の代表格だから、ここから犬丸や満市坊というのははやめて、蝉丸でいくわ。蝉丸は自分の掻《か》き鳴《な》らす撥の音色に、ときに切なくなるあまり、演奏を止めて、ふと夢想するの。神仏の与えたまう試練に理不尽なし。我が目に光が入らぬのはどうしようもないこと。けれどもせめてわが頬《ほお》の涙をいとしい人の細指でもってぬぐってほしい、ってね。サカガミは、蝉丸哀れさのあまり、御目は瑠璃瑪瑙《るりめのう》、開けよ見えよと語りかけ、心静かに鼓をたたき、開眼を祈ったことが一再ならずあったの。でも、蝉丸には、サカガミの指の形を手さぐりできたとしても、銀の柳葉のようなものは目に映ることがない。

で、蝉丸の恋心はますます募ってくる。

サカガミは、神社の本地を説いてまわりながら、今で言えば恐山《おそれざん》のイタコみたいに口寄せもするし、邪馬台国《やまたいこく》の卑弥呼《ひみこ》みたいに神意も告げていた。

でも、しょせんは当時の流浪芸能民、そのかたわら春もひさいでいたのよ。神聖と汚辱って、一枚のコインの表裏みたいなもの。

それで、ある未明、四宮河原でのこと。

互いに身を寄せ、弓と鼓と琵琶持って語り奏でるひとときの、サカガミの気怠《けだる》さ示す目の隈《くま》見えずとも、心でそれと察する蟬丸の、母者姉者への、女性《にょしょう》への、執着妄念断ち切りがたく、かかえ持つ琵琶の代わりにサカガミを抱きたいと、いつになく身を近づけていく……。

ああ、この先は言えないわ。今日はここまで。……帰りましょ」

座り続けていたキリコさんが、突然立ち上がろうとして、ちょっと体勢を崩した。ぼくが支えようとして手を差し伸べたら、キリコさんは、「大丈夫、わたしは、おばあちゃんじゃないんだから」と、ぼくの手をそっと払った。

——どうしてた。何してる。

キリコさんから久々に連絡があったのは、あの奇妙な初夏の一日からずいぶんたった七月中旬の午後だった。

あれからぼくはキリコさんと連絡をとっていなかった。大学の方もけっこう詰まっていて、彼女からもなんの音沙汰もなかったし、その後二回あった月例詩人会にも彼女は来なかった。

それよりも作り話めいたサカガミさんの告白が少し衝撃的で、時間をおいた方がいいような気がしていたのだ。なんだかまたそれがぼくらの流儀のような気もしていた。

キリコさんの、湖上遊覧船「オンタリオ」での仕事は、いま夏場の書き入れ時で、土日はナイトクルーズもあるので、キリコさんのシフトの空きの、月曜日の昼前に会うことになった。場所は、例の駅構内のイートインのパン屋だ。

「お客さまが乗船する際のタラップとかね、船内レストランでの様子やらイベントやら、一番いいショットねらってのスナップ撮影、その合間縫ってポップコーン売りやアイスクリーム販売、そりゃもう大変なのよ。港に帰り着くときには写真の売りつけ。……シンガオ君、やってみる?」

キリコさんのその日のいでたちは、就活女子大生みたいな、黒のタイトスカートと白いブラウスだ。それにあのロングヘアーをまとめ上げてアップにしているのがなんだかなまめかしく見える。それが二十七、八歳の桔梗《ききょう》の花みたいでさわやかでもあった。

とにかくもう一度あの場所に行ってみようということになって、タクシーで前回の語りの場所に行くことにした。

「関蟬丸神社の上社まで」と、「かみしゃ」を強調したところ、運転手は、あそこは勘弁してくれ、片側一車線だし一時停車でも危ない、ということで、鰻《うなぎ》料理屋の向かいにある蟬丸神社のあたりまで行くことになった。これは江戸時代に分社されたものだ。ここには国道から分岐する道もあるし、タクシーがUターンできるスペースもある。

タクシーを降りたぼくたちは、道路横断用の信号ボタンを押して道の反対側に渡り、数分歩き、また信号ボタンを押し、目の前をひっきりなしに通過する車を停止させ、国道を横切ってそのまま上社の石段を上る。

以前と違うのは耳朶《じだ》に貼り付くような蝉の声があることだった。ぼくたちふたりは史跡好きな若い男女の散策と見えないこともないだろう。

キリコさんは前と同じ場所を選んだ。はぐれ鳥のような観光客がここにやって来たとしても、それならそれでもいい、とぼくは思った。キリコさんもおそらく同じ思いだろう。

「『平家物語』って知ってるでしょ」

「はい」

「そこでは、蝉丸は醍醐《だいご》天皇の第四皇子として出てくるの。おそらくお能の『蝉丸』はこれを受けて、帝になんらかの叡慮《えいりょ》があって盲目の『蝉丸』を逢坂山に捨て置いたとしている。そしてね、怒髪じゃないけど、天を衝くザンバラ髪状態の『逆髪《さかがみ》』が狂女として登場して、蝉丸の藁屋《わらや》で再会を果たすというの。サカガミは蝉丸の姉宮。ふたりとも貴種よね。これでドラマツルギーとしての悲劇性は高まるわ。確か『今昔物語集』では、蝉丸は、宇《う》多《だ》天皇の皇子、敦実《あつざね》親王の雑色《ぞうしき》だったはずよ。雑用係とはいえ、ここでも高貴な身分につながらせているの。シンガオくん、これ、どう思う」

「どう思うも何も、ちょっと複雑だけど、元をただせばっていうヤツですかね、由緒正しきというか、世が世ならというか」

「こんなの、ウソよ、わたしが思うに。アイデンティティーって言えばかっこいいけど、誰しも、おのが出自や家柄を誇りたいっていう気持ち、どこかにあるじゃない？　ましてや、ここは盲目の琵琶僧やら巫女という芸能賤民、貴族階級を北極星みたいに仰いでいる存在だし、農民や漁民みたいに生産性のある仕事にたずさわっているわけでもない、いわば虚業よ。支配階層はその聖性を認めていたけれど、一般的に世間からさげすまれ、食うや食わずのその日暮らし。だから、元はエリートなんだぞという心のよりどころでもないとやってられないのよ」

キリコさんの弁舌が白熱してきたというわけではないけれど、静かに淡々と語っているようだけれど、話がとんでもなく長引きそうで、だからここにやって来たのだが、それでもなんだか少し、ぼくは後悔し始めていた。

「……だから、聖なるものへの畏れや、そういう働きかけもあって、蝉丸の霊がここに合祀され、円融《えんゆう》天皇の九七一年五月には綸旨《りんじ》により音曲芸能神となったの。蝉丸、四代目満市坊がこのときまで生きていたとしたら、一三〇歳。藤原氏が政界を独占する時期よ。しかしねえ、もうこのころには蝉丸はたくさんいたわ。連綿と、また空間的にはこの逢坂山周辺に。ジージー、ジージーと、いい喉してたんじゃないかしら。琵琶もよし、語りもよし。蝉丸というのは、琵琶演奏をする盲僧の、これは一般名詞ね。その中から『これやこの……』の歌も生まれてきたの」

「なんだか日本史の講義みたい」

「じゃ、ついでに言っちゃえばね、蝉丸と皇族の交流、あることはあったのよ。蝉丸が四世満市坊となった二年後、山科の四宮に人康《さねやす》親王という人が隠れ棲むことになったの。

……シンガオくん、山科よね、今住んでる所」

ぼくの実家は、比良山系と比叡山の鞍部《あんぶ》に位置する、もとはいわば山あいの村だ。ぼくは、バイクで駅まで下りればいいのだからと、口うるさく自宅からの通学を迫る親が嫌だった。キャンパスが御所近くになったのをきっかけに家を出た。実家と京都市街中心部のあいだなら、バイト先も人の賑《にぎ》わいも交通も至便な山科に決まっている。

「この人康親王はね、仁明《にんみょう》天皇の第四皇子で琵琶にのめり込んでいたの。目を患っての隠《いん》棲《せい》だとも言われているんだけど、逢坂山常楽院や峰続きの長等《ながら》山の三井寺にいた盲僧たちと深い交流があったことは間違いない。このへんに伝説の蝉丸誕生の秘密があるかもしれないわよ、きっと」

「へーえ、ＮＨＫの歴史番組なみですよ。すごいですね、キリコさん」

ぼくは茶々を入れるつもりではなかった。本当にそう思ったのだ。でも、キリコさんはしおらしかった。

「ごめんね、話が長引いちゃって。わたしの中のサカガミが蝉丸のことを言わせているの。サカガミはずっと、この逢坂山あたりの歴史を、世の盛衰を観てきたの、ひそかに。そして今、わたしに語らせている。今、あたしは一一九四歳」

ここで初めてキリコさんが微笑《ほほえ》んだ。眼が潤っている。眼の中にもスキッパーカラーの白いブラウスと黒のタイトスカートが嵌《は》め込《こ》まれているようだ。

「実はね、このときのふたりの惹かれ合うさまは、およそ三五〇年後の『東北院職人歌合《とうぼくいんしょくにんうたあわせ》』という絵巻のなかに、巫女の歌として出ているとわたしは思うの。作者は分からない。著名な歌人の戯作《げさく》かもしれない。でも、サカガミの思いが脈々と流れ込んでいるとしか思えない。サカガミがそう言っているの。……これは次の機会にね。……あのときも中途で終わっちゃったわたしの発表会、あらためて夜にちゃんとやろうよ」

キリコさんはどうやら本気らしい。目が輝いている。

「あの夜の蝉丸とサカガミの続き、語ってあげる。ふたりはどうするのか。シンガオくんに宿題を出しておくわ。『おおかたのさわりも知らず入る月よひくしめ縄を越ゆなゆめゆめ』という巫女の和歌よ。この歌の意味、考えておいてね。大丈夫、この文句、後でラインで送るから。日時はね、八月二十九日の火曜日、午後六時半、ほぼ日没の時間よ。もっとも、ここは山中だから太陽はとっくに沈んじゃってるとは思うけどね。晴れればいいけどなあ。あ、日時も念のためラインしておく」

独りよがりで、勝手に決めてしまう。

晩夏の夕刻、上社に人気《ひとけ》はなく、静まり返っていた。

国道を休みなくというか、数珠つなぎに往来する車の通行音はもちろんおびただしいのだが、それが、拝殿にいるぼくたちと祭神にとっては、下界の者の必要音にすぎないという印象だ。それに神域での演奏や語りの声は、しもじもに届く前にかき消されてしまうだろう。

ヒグラシとツクツクボウシの交響楽に交じって、もう秋の虫たちが鳴き始めている。社殿の背後はすぐ山で、夕日をとうに隠してしまっている。空は墨をどんどん流し込んでくる。

キリコさんの今日のいでたちは、ごく普通の若い女性の姿という感じで、もちろん老婆メイクではなかった。デニムワイドパンツにスニーカー、白のTシャツの上にはモスグリーンの薄いカットソージャケットを羽織っていた。

ふたりで、ああでもないこうでもないと、一応「公演」の準備をしたが、あっというまに終わった。

キリコさんは、蟬丸のお話の続きを語る前に、あの歌の解釈を求めた。

「……じゃ、まず宿題ね。『東北院職人歌合』に収められている歌の意味よ。『おおかたのさわりも知らず入る月よひくしめ縄を越ゆなゆめゆめ』」

ぼくはちょっと考えてから、こう言った。

「沈んでいく月に対して神聖なしめ縄を越えるな、と言っているのは分かるんだけどなあ。『さわり』が何を意味するのか……。普通、支障、差し障りという意味でしょ。『月の触り』もあるし」

そう言ったあと、そんなことは気にしないはずのキリコさんだが、ぼくは少し気になった。だから、あわててこう付け足した。

「歌なんかで、一番いいところを『さわり』とも言いますし、これがよく分からない……『おおかたの』もどういうことを言っているのだか」

「琴や琵琶で、弦がビーンと重奏することも『さわり』と言うのよ」

キリコさんがうれしそうな顔して教えてくれる。

「あのさあ、シンガオくん。沈む月って何時頃に沈む月？　君はどう思う」

「満月なら、朝六時頃。確か『菜の花や月は東に日は西に』という蕪村の句がありますよね。満月は夕方出て、朝になると沈みます」

「そうね。でも、常識よね」

キリコさんはぼくに顔を向けて、いたずらっぽく言った。ぼくはちょっと傷ついた。そうしてまたゆっくり言った。

「それでね、シンガオくん。この歌において、月が沈むのは何時くらいって感じ？　夜よねえ、夜、何時くらいがいい？」

「夕方六時くらいに上ってきて、明け方沈む満月だったら、逆に一晩中月に見られているようだし、『入る月』の意味があんまりないようにぼくは思っちゃいますね。夜になってすぐ沈む月も、月のない晩になっちゃうし、どうかなあ。それに真夜中に出てくる月もいけない」

「いいところを突いているわ。いつの時代も宵は人間にとって、さあ寝ようという時間だけじゃなく、昼間の生業から解放された人々が、ほっとひと息つき、親子兄弟語り合い、それに男女が睦《むつ》み合う、月を眺めて自身を振り返り、内省することもあっていい。そんな時間なのよね。だから夜のかかりに月はあった方がいい。闇夜でも、一晩中満月でも、わたしはよくないと思う」

「じゃ、三日月か半月？」

「わたし、月の満ち欠けについて調べたのよ。『暦博士』というウェブサイトで。でね、半月、八日目くらいの上弦の月は、お昼の十二時くらいに空にあって、午後十一時半頃には入る月よ。だからわたしは、この『入る月』は上弦の月だと思う。夜の最深部になると月も闇に去るのがいいと思うの。だからね、今日を選んだの。今夜は月齢七・四の半月。さっき言ったように、ちょうど今日という一日の終わり頃に沈んでしまう月なの。……でも、今夜は、もっと早く帰るつもり。だいいち、西からの山肌が覆いかぶさっているようなこんな山中じゃ、もう月は見えないでしょ、ね。そしてね、わたし、明日があるからさあ。夏休みの終わりのここんとこ、『オンタリオ』もけっこう予約いっぱい。わたし、明日は十時乗船。九時には行っとかなくちゃね。クルーズが四回連続で、ラストは四時半終了、みっちりなの」

「深夜のここ、不気味な感じになりそうだから、ぼくもそれでいいですよ」

「では、そういうことで。でも、まだ少し時間もあることだし、……『ひくしめ縄』の意味は？　ゆめゆめ越えるな、の意味は分かるだろうけど」

「これはやはり、巫女さんがしめ縄をひく、ということでしょ」

「そうね、ここから神域、聖域ということ。タブーよね、入ってきちゃダメということで」

「キリコさん、『さわり』は？　あの解釈でいいの？」

「これはね、正直わたしもよく分からない。生理、女性の穢《けが》れのことを言ってるのかなとも思うんだけど、『さわりも知らず』は、夜、暗いままで秘め事を隠しておいてほしいのを、月がすきなく照らしちゃうということかしら、差し障りも何もあったものじゃないっていうふうな」

「この歌、巫女さんのガードが固いですよね」

「そうね。じゃ、わたしの解釈よ」

「お願いします」

なんだか授業みたいだ。

「……避けて通る差し障りもあらばこそ。月は皓々《こうこう》と万象を照らし行き、この神の子のわたしの寝乱れ姿さえ浮かび上がらせる。満ちることのないわが身のような半月よ。恨めしいったらありゃしない。……わたしをなぐさみものにするのかい。でもね、……オッツキさん、お前さんが入るのは山の端《は》の向こうだよ」

「うーん、でも、ここは額面通り受け取って、わたしは堕《お》ちないよとの気持ちをもっとはっきりと汲んだほうがいいと思いますよ。キリコさんの解釈、投げやりな気がする。

ちょっと無理があるような……」

「そーお？」

キリコさんは不服そうだった。

「あ、それで、……あの夜のふたりのようす、聞かせてくださいよ」

ぼくはあわてて、本題を語ってもらう方向に戻した。

「そうね。じゃ、最後」

ここでキリコさんはささらをやや長めに操り、ゆっくり語りだした。

「……抱え持つ琵琶の代わりにサカガミを抱きたいと、いつになく身を近づけていき、……この世で願いの叶《かな》わぬものなれば、いっそ土竜《もぐら》になりたい地をくぐりたい、闇に生きて土に抱かれよう。……蟬丸はそう言ってサカガミに迫ったのよ。サカガミはなかば蟬丸のかいなに身を預けつつ、そっと首を引き寄せ左の目に口づける。そして諭すように言ったのよ。

……女の盛りは、十四五六歳二十三四とか、三十四五にもなってしまえば、もみじの落ち葉にほかならず、ってね。その時ね、天空に一閃《いっせん》、電光が夜空を切り裂き、とどろきたまいし鳴神の、御心《みこころ》かしこし……蟬丸がひとつ、まばたきすると、眼に映ったの」

「サカガミが？」

「そう、目の前の女性《にょしょう》の顔」

「蟬丸は、はっきりとそれを見たんですね。ずっと忘れていた感覚」

「においと声と、触れることだけでしか知りえなかった、懐かしいものの姿よ」

「一瞬だけ？」

「そうよ、ほんのいっとき」

キリコさんは目を閉じた。

「蟬丸はゆっくり深呼吸して、こう言ったわ……美女を見れば、一本のつる草になりたいもの、身はもとより足の先までねじ巻かれたい、切られようと刻まれようと離れがたきはわが前世の縁。……姉の神々《こうごう》しい姿は、弟の眼底から背筋を通り抜け、下半身に至り、男の身を熱くとろけさせたのよ、音のない落雷みたいに。……でも、稲妻は、もう二度と走らなかった。闇がまた、きっぱりと漆黒のカーテンを閉めたの。サカガミは静かに身を離すと、ふたたび鼓を打ち始めた……」

「………」

「………」

また虫の声がする。ずっと鳴き続けていたのだろう、ぼくたちの話と関係なく。

「それからふたりはどうなっていくんですか」

「次の日、サカガミはすべてを蟬丸に打ち明けた。宇佐神宮から授かったふたりの命とその関係のすべてを。話を聞いて蟬丸は大粒の涙をぽろぽろ流して泣いたわ。それからふたり手を取り合って、肩を抱き合って、お互いを確かめ合ったわ。サカガミは蟬丸の瞼《まぶた》をさすり続けたわ。そしてそれからは、ふたりは本当の姉弟として生きていくの」

「ふたりきりの肉親ですしね」

「そうして、西暦八九〇年、サカガミが六十七歳で亡くなると、蟬丸も四十九歳で後を追うように亡くなったのよ。常楽院がその後どうなったかは分からない。わたしのサカガミは何も言ってくれない。今、逢坂山周辺に常楽院の痕跡はどこにもないの。『ふたがみ』というのは、のちの人が、この上社の左手に石の墓標を置いてとむらったものなの。ふたり愛用の鼓と琵琶を埋めてね。そのあたりじゃないかしら」

キリコさんは、拝殿の横の倉庫を指さした。祭礼の時には社務所となるのだろう。壁にはパイプ椅子が何脚か立てかけられてあるし、神社めぐりのスタンプ台には虫よけのスプレーが数本用意してある。

「最後にひとつ質問、『これやこの』の歌は、四世満市坊蟬丸の作ということでいいのですか」

「……そうね、逢坂山にいた蟬丸たちの誰かが作ったのか、いつからともなく俗謡のようにここらあたりでそう言われていたのか、名のある歌人が名を隠して作ったのか、今となっては分からないけれど、『これやこの行くも帰るも別れては知るも知らぬも逢坂の関』という歌が、作者を離れてとにかく人口に膾炙《かいしゃ》していったのね。だって、言葉も平易だし対句《ついく》もあって朗誦《ろうしょう》しやすい。『逢坂』に込められた掛詞《かけことば》だって、子どもでも分かるほど簡単だし。それにね、この世のことをズバリ言っている。みんな、一期一会《いちごいちえ》のお付き合い、誰しも生きては死んでいく」

「でも、……シンガオくん。お互い、いつまでもコウガンのままでいたいよね」

ぼくは何のことか分からなかった。変な意味にも取れそうだ。

「あしたに紅顔《こうがん》ゆうべに白骨、だわよ」

そういえば昔、親戚の法事で浄土真宗の僧侶から聞いた言葉だ。


ぼくとキリコさんは、本殿をあらためて拝んで、石段を下りた。

そして今までの話を追想するように、ゆっくりと国道沿いの狭い歩道を下って行った。荷物が厄介だったが、そのまま歩き続けて、湖岸にある私鉄のターミナル駅にたどり着こうということにしたのだ。

お互い、胸のうちを探りあっていたわけではけっしてないと思うが、ふたりとも口数少なかった。
国道が分岐して、北陸方面へ向かう国道をたどって行く道になると、思い出したように
キリコさんが切り出した。
「ところでシンガオくん、……これからわたしと付き合わない？」
これから付き合う？　今晩どこかに遊びに行くということなのか、それとも今後キリコ
さんと特別な関係になるということなのか。
「わたしんちに来ない？」
「え、でも、お母さんがいらっしゃるんでしょ」
「母は今夜、深夜勤。ほら、あそこに見えるでしょ」
キリコさんが指さす左斜めの方向を見ると、ビルとビルの間から、赤い十字のマークが
夜空に浮かび上がっている。キリコさんのお母さんの勤め先、聖アンリ病院だ。
「……母はこれから十一時過ぎには家を出るわ。明日の朝は九時半頃帰って来る。シンガ
オくん、これから一緒にどこかで食事して、それからひと晩、うちでゆっくりしていきな
よ。どうせひとり暮らしなんでしょ」
ここを通る私鉄電車は、通常の線路から路面電車に切り替わるあたりで大きくカーブす
る。その、レールと車輪がきしむ音が、はばかることなく弾んで聞こえてくる。

「だって、キリコさん、明日は仕事だとか……」

「ばかねえ、徹夜して起きているわけないでしょ」

「そうですよね」

それはそうだ。それはぼくもあまり望まない。

「あのねえ、わたし、さっき、君に付き合いを求めたのよ。あんまり女の子に恥をかかせないでよ」

「はい、すみません。行きます、行きます」

ターミナル駅周辺の大きな交差点や飲食店街の灯《あか》りが、目もあやに輝いている。

「わたしの特別な弟になるんだよ」

「……サカガミの、ですよね」

「ふふ」

「……なんですか」

「ね、シンガオくん」

キリコさんは顔をぐっと近づけ、ぼくを見上げた。

「……愛し合おう。一回だけ」

「……さっきの話みたいに、ですか」

かすれ声になってしまった。

「夜の闖入者《ちんにゅうしゃ》があってもわたしを守ってね」

ぼくはぎょっとして、あらためてキリコさんの顔を見た。

「シンガオくん、ひくしめ縄を越ゆなゆめゆめ、よ」、キリコさんは声に出して笑った。

ぼくは両手の荷物をひとつにして左手に持ち替え、右手でキリコさんの手をそっとにぎった。

キリコさんは、夜のみずうみの方を眺めやり、「天空に一閃、電光夜空を切り裂き……」と口ずさみ始めた。

ぼくは逢坂山の方を振り返ってみる。十数階建てのビジネスホテルが視界を遮っている。

月は山の向こうに隠れているのだろう。

＊作中に出てくる歌は、シンガーソングライターのイ・ランの曲『今夜も私の夢の中で朝鮮人参を掘る木の下のあの乙女』に拠っています。また、作品中には一部『梁塵秘《りょうじんひ》抄《しょう》』より引用した詞章があります。

照手と小栗近江みち

応永《おうえい》（一三九四〜一四二八）の末頃のことである。

常陸《ひたち》国の小栗判官《おぐりほうがん》は、武蔵《むさし》・相模《さがみ》両国郡代《ぐんだい》、横山《よこやま》の娘照手姫《てるてひめ》の評判を聞きつけ、強引に婿《むこ》入りを果たす。怒った父横山は、婿と舅《しゅうと》の対面という名目の宴席を設け、乗り込んできた小栗判官主従十一人を毒殺してしまった。

その上で、人の子殺してわが子殺さぬのは都の聞こえも悪かろうと、娘の照手を「おりから淵《ふち》」に沈めるよう鬼王《おにおう》・鬼次《おにつぐ》兄弟に命ずることになった。

兄弟は何とも抗弁できぬ宮仕えの身である。仰せは主人、手にかけるのはその御子《おんこ》、情も理もある親が思い切ったのに、他人の我らが弱い心で情に引きずられるのも心の迷い。それではおりから淵に沈めてしまおうと照手の部屋におもむいて、

「なんと照手様。夫《つま》の小栗様、十人の殿方らは、蓬萊《ほうらい》山のお飾りの宴席で御生害《しょうがい》あらせられましたぞ。覚悟なされよ、照手様」と告げた。十二単《じゅうにひとえ》で着飾って小栗待ちわびていた照手姫はこれを聞いて、

「なんと申すぞ兄弟は。もっと近づいて申せ。時も時、折も折。私の夢見を申してお止めしたが、とうとうお聞き入れなされず今の憂き目とは悲しいことよ。そんなことと少しでも知っていたのなら、お座敷へ参って小栗様の最期《さいご》にお抜きあった刀をば、わが胸元に突き立てて、三途《さんず》の大川の死出の旅、手と手を組んでお供申すものならば、今の辛い思いも

なかろうに」と涙を流したが、嘆いてもすでにかいなく、小袖をひと重ね取りだして、「やあ、兄弟よ。これはそなたたちに与えよう。恩義もいらぬ主《しゅう》の形見と思い、思い出した折々に念仏申してくださいな。唐《から》の鏡や十二の手箱は寺に寄進いたします。死出の旅に十二単は要らぬ物。葛籠《つづら》に入れて小栗様の墓に埋めてくださいな。ああ、この世にいては思いもちりぢり。末期《まつご》も早めましょう」と言って、みずから牢輿《ろうごし》に入るので、乳母《めのと》から水仕事の下男下女に至るまで「私もお供いたしましょう」と口々に輿《こし》の長柄にすがりつき、皆さめざめと泣くのであった。照手はこの様子を見て、

「女房たちよ、隣国他国の者たちまでも、慣れてしまえば名残惜しいもの。ましてや乳母やお付きの者とあらば、なお名残惜しいもの。私に千万の命をくれようとも、沖の白波がかっぱと鳴るならば、今こそ照手が最期と鉦鼓《しょうこ》叩いて念仏申してくださいな。ああ、この世におれば思いは尽きぬ。早くあの世へ」と急いで出かけ、ほどなく相模川に着いた。

鬼王・鬼次兄弟は、小舟を一艘下ろし、姫の乗った牢輿《ろうごし》を乗せ、押したり漕《こ》いだり。櫓《ろ》の音に驚いて沖の鷗《かもめ》がぱっと立つ、渚《なぎさ》の千鳥は友を呼ぶ。照手はこれを見て、「千鳥よ千鳥、お前さえ恋しい友を呼ぶのに、さて私は誰を頼りにおりから淵へ急ぐ」と泣いて訴える。

兄弟は、ここに沈めにかけようか、あそこに沈めにかけようかと沈めかねるありさまで

ある。兄の鬼王は、

「やあ、なんと鬼次よ。あの牢輿の内の照手姫を拝見すると、朝日を受けてつぼみになる花のようだ。我ら二人の姿を見ると、夕日に映えて散る花のようだ。さてさてお助け申そう。命を助けたことをとがめられ仕置きを受けようとも、姫の命には及ぶまい」と言った。鬼次は、「そういうことならお助け申そう」と前後の沈め石を切り離し、牢輿だけを突き放した。

陸《おか》にいる者たちは「今こそ照手の最期よ」と、チキチンコン、チキチンコン、青銅の鉦鼓叩いて、ともに念仏申し、一度にわっと叫ぶ声、夏の初めというのに、わんわんと蚊の鳴く声もこれには及ぶまい。

照手姫は、牢輿の中から西に向かって手を合わせ、「一切衆生悉有仏性《いっさいしゅじょうしつうぶっしょう》。よき島にお上げくだされ」と、この念仏を唱えると、観音もこれを哀れとおぼしめし、風に任せて吹かれるうちに三浦半島六浦《むつうら》に着いた。

六浦の漁師たちはこれを見て、「どこの祭りの流れじゃ」と若い者が我先に確かめに行き、「これはまた不思議、牢輿に口がない」と報告した。親方たちは「口がなければ打ち破ってみろ」と言ったので、船頭たちは「承知しました」と櫓や櫂《かい》で打ち破ってみると、中にはしだれ柳が風に吹かれたような姫が一人涙ぐんでいる。親方たちは、

「だから言わんこっちゃない。このところ、この浦が不漁だったのはその女のせいだ。悪魔か、化け物か、龍神か。なんとか言え」と櫓や櫂で打ちつけにかかった。

中に漁夫の太夫という慈悲第一の者がいて、姫の泣く声をつくづく聞いて、

「なあ、船頭たち、あの姫の泣く声をつくづく聞くに魔物や化生《けしょう》の者でもない、龍神でもなし。どこからか継母の讒言《ざんげん》を受けて流されてきた姫とみえる。知っての通りわたしは子もない者とて、先ざきの養子として頼りにしよう。私にくだされや」と、太夫は姫を家に連れ帰り、老妻を呼びつけて、

「おい、妻よ。浜辺から養子となる子を連れて帰ったから大切に育ててくだされや」と言った。妻はこれを聞くや、

「ねえ、なんと太夫殿。そもそも養子などという子は、山へ行っては木を伐《き》り、浜へ行っては櫓を押すような子どもこそ、先々のよき養子ですよ。それをあんな柳が風に吹かれたような娘なぞ、六浦の人買い商人に銭一貫か二貫で売り払ってしまえば、銭ももうかるし、それこそよい養子ではあるまいか。のう、太夫殿、どうです」と言った。

太夫はこれを聞いて、あの女というのは子があればあるで好きなことを言い、なければないで好きなことを言うやつだと思い、

「お前のような邪慳《じゃけん》な女と連れ合いとなり魔道へ落ちるより、家・財宝はお前との別れに

くれてやるわ」と、姫を引き連れて家を出て、諸国修行を志そうとする。老妻はこれを知るや、この夫を逃しては大変と思い、

「のう、なんと太夫殿。今のは戯《ざ》れ言《ごと》でござるよ。戯れ言、戯れ言。あなたも子なし、私も子なし、あの娘を先の養子とあてにしましょうぞ。戻ってくだされ太夫殿」と泣き泣き訴える。

太夫は疑うことを知らぬ善良な人であるからすぐに戻ってきて、「それでは、やれ、仕事じゃ」と沖へ釣りに出た。その後の、女のたくらむ謀反の恐ろしや。

そもそも男という者は、女の色の黒いのに嫌気がさすという。女は、あの姫を色黒にして夫から遠ざけようと思い、浜辺へ連れ出して、塩焼き小屋に閉じ込めて天井へ追いやり、生松葉《なままつば》でもって一日中いぶした。

照手姫、煙が目や口に入るさまは何にもたとえようもない。しかし、なにぶん空照る日月の申し子なので、千手観音が影に寄り添いお立ちになり、少しも煙たくない。日も暮れる頃になって、女が「さあ姫、降りてみよ」と見てみると、純白の花にさっと薄墨がさしたようで、なおも美人の姫となっていた。

女はこれを見ると、さてきょうは無駄骨を折ったこととむかっ腹が立って、すぐに姫を売り払おうと、六浦の商人に銭二貫文でたやすく売り払い、銭を得て胸の炎はおさまった

が、太夫殿を前にして何と言おうとはたと困ってしまった。

しかし、昔からよく言うように、島より大きい舟を島に繋《つな》ぐも知恵次第、うまい話をしてみようと太夫の帰りを待った。

太夫は漁から戻ってきて、姫はどうした姫はどうしたと尋ねる。女はこれを聞いて、「なんと太夫殿。今朝、姫はそなたの後を慕って出かけたが、若い者のことゆえ思いつめ、海へ身を入れたやら、六浦の人さらいが舟にも乗せていったことやら、そんな心配事などしたことのないこの私を苦しめているのですよ」と、まずうそ泣きを始めた。

太夫はこれを聞いて言った。

「なあ、なんと妻よ。心の底から悲しくてこぼれる涙は九万九千の身の毛の穴が濡《ぬ》れてこぼれる。お前の涙のこぼれようは、たいがい六浦の商人に銭一貫か二貫でやすやすと売り払って銭をもうけ、上っ面だけの涙と見てとるが、わしの目が節穴なものか。お前のような邪慳《じゃけん》な女と連れ添うてともに魔道に落ちるより、家・財宝は別れに際し、くれてやる」

今度は、とうとう髪の元結《もとゆい》を切り、西方浄土の方へ投げ、濃い墨染めの衣に姿を変えた。鉦鼓を首に掛け、山里へ閉じこもり来世の安楽を願うこととなった。

哀れをとどめたのは人買いに売られた照手姫だった。

姫は相模六浦にとどめおかれず、はるばる越後まで、荒川塩谷《あらかわしおや》に買われ行く。海行かば果てなき大波小波、無念を越すに越されぬ波模様、越後《えちご》塩谷の商人があたい高く売れよとて、越中水橋《えっちゅうみずはし》、岩瀬《いわせ》、六渡寺《ろくどうじ》を次々と、夜も明ける氷見《ひみ》の町屋へと買われ行く。氷見の町屋の商人が、この女は手に職なし能なしと、能登《のと》の国、擦《す》り揉《も》み拝む珠洲《すず》の岬に売られ行く。

加賀《かが》に移って宮《みや》の腰《こし》へ買われ行く。宮の腰の商人があたい高く売れよとて姫の小松と買われ行く。小松《こまつ》の商人があたい高く売れよとて越前《えちぜん》の三国港《みくにみなと》へ買われ行く。三国港の商人が、あたい高く売れよとて敦賀《つるが》の津へ買われ行く。逃れる敦賀《つるが》があらばこそ、この女は手に職なし能なしと、近江の海津《かいづ》の浦に売られ行く。海津の商人があたい高く売れよとて大津《おおつ》へ買われ行く。大津の商人が買値がよいと売るうちに、商い物のおもしろさ、先へ先へと売られ行く。

売られ行くこの道が相模常陸に続こうとて、小栗様は今冥土、黄泉路《よみじ》の端を手繰り寄せ、くるくる糸巻きするように、引きまとめて焼き尽くし、わが身も焦がれ死にたいものよと照手思えど、今生《こんじょう》の道尽きることなく、あれ、人買いが行く、連れはいずれ水仕事か戯《たわむ》れのわざ、はかなき身の女であろうと指さされるうちに、美濃《みの》の国青墓《あおはか》の宿に着き、「万《よろず》屋《や》」の主人が代金十三貫で買い取った。

万屋の主人は「ああ嬉《うれ》しいことよ。百人の遊女を抱えずとも、あの姫一人を持つものならば、わしら夫婦は楽々と過ごしていけるうれしさよ」と、一日二日は大切にするが、ある雨降りの日、姫を召し出して「なんと姫よ。ここでは国の名で呼び使うから、お前の国の名を申せ」と言った。

照手はこれを聞いて、常陸の者とも相模の者とも言いたいが、ただ夫の国を名に付けて、朝夕そう呼ばれていたいと思い「常陸の者でございます」と言った。

主人は「そうであるならきょうからお前を常陸小萩《ひたちこはぎ》と名付けるので、これから鎌倉・関東の、上り下りする商人の袖を引き留めお茶代とって、われら夫婦のために働いておくれ」と十二単を与えた。

照手は、さては遊女勤めをせよということか、遊女勤めをしたならば、草葉の陰におられる小栗様がさぞや無念にお思いになるだろう、なんとしても言い逃れをして話に乗るまいと思い、

「なんとあるじ殿。私は幼少の時分に両親に先立たれ、善光寺詣《まい》りの道すがら人にかどわかされ、あちこち売られましたが、体に悪い病気があるので男の肌に触れたなら必ず病が起こります。その病が重くなれば私の値が下がることは決まりきっていますよ。値の下がらぬ今のうちにどこへなりとも売り飛ばしてくださいな」と言った。

主人はこれを聞いて、両親に先立たれたのではなく、夫に死におくれ、賢女ぶって操をたてている女とみた。賢女ぶるとはいえ、手ひどいことを仕向けたら、いやいや遊女にもなろうと思い、

「なんと常陸小萩。さて、あすになったら、ここから蝦夷松前《えぞまつまえ》・佐渡《さど》にでも売られて、足首の筋を断ち切られ、日に一合の食だけで昼は粟《あわ》に群れ来る鳥を追い、夜は鮫《さめ》の餌になろうか。それとも十二単で着飾って遊女に身をやつすか。好きな方を、さあ、常陸小萩」と迫った。照手はこれを聞いて、

「愚かなお言葉。たとえあすは蝦夷松前・佐渡に売られて、足の筋切られ、日に一合の食だけで昼は鳥を追い、夜は鮫の餌になるとても遊女勤めだけはいたすまいよ、あるじ殿」と言った。万屋の主人はこれを聞いて、

「憎たらしいことを申すやら。やあ、なんと常陸小萩よ。ここには百人の遊女がいるのだが、その世話をする水仕事は十六人。それなら十六人の水仕事をそなた一人にさせようか。それとも十二単で身を飾り遊女勤めをいたそうか。どちらなりとも、常陸小萩」と迫った。照手はこれを聞いて、

「愚かなあるじ殿。たとえ私に千手観音の手があったとしても、その十六人の水仕事が自分一人でできるとは思えません。しかし聞けばそれも女の仕事とやら。それならたとえ

十六人の仕事をいたすとも、遊女では絶対身を立てませんよ、あるじ殿」と言うと、主人は「憎いことを申すよ。その考えとならば水仕事をさせよう」と言って、十六人の女を一度にすっかりやめさせて、仕事はすべて照手の手に渡るのだった。

「下りの雑駄《ぞうだ》が五十匹、上りが五十匹、つごう百匹の荷馬が着いたぞよ。飼葉の糠《ぬか》をやれ、水飲ませ。百人の馬子《まご》の足湯、手水、飯の用意をいたせ。野中の井戸より清水汲《く》み上《あ》げ、湯茶の用意をいたせ。百人の遊女の足湯、手水、髪に櫛《くし》入れ整えよ、小萩殿」

こちらへ常陸小萩、あちらへ常陸小萩とこき使われるが、照る日月の申し子ゆえ千手観音が影身に添うて立ち、十六人の水仕事より手早くできる。照手の姫は、それも辛苦と思わず立ち居につけて念仏を唱えているゆえ、遊女たちは「年いかぬ娘が後生大事と文句も言わず働くが、だったら名前を変えて呼んでやれ」と、常陸小萩に変えて念仏小萩《ねんぶつこはぎ》と呼んだ。

ここに遊女の春小雪《はるこゆき》、「あそびをせんとや生まれけん、たわぶれせんとや生まれけん」と今様《いまよう》口ずさみ、

「念仏小萩や、お前のように男に病をうつす肌身がほしいもの。子どもの喜びはしゃぐさまを見て、いずれこのあたしのように男を慰める身になる女子《おなご》の行く末思うと、はらわたがちぎれそうだよ。だから、お前の、生まれながらの病がほしいもの。だれがたわぶれし

ようとて生まれてきたものか」と涙を流し、「男に触れることもせず、たわぶれもせず、ひたすら来世の安穏を願っていたいもの」と身を摺《す》り寄せるのを、念仏小萩、春小雪の濡れた目元と頰《ほお》にそっと手を添えてやるのだった。

照手、ほかの遊女たちにも髪を梳《す》いてやりながらこれを聞き受け、あっちへ念仏小萩、こっちへ念仏小萩と召し使われる卑しい身分の縄だすき、たすきをゆるめて一息つく暇なく、みずからの黒髪に櫛の入ることもなかった。

照手はこの奉公を三年勤めたのだった。

それはさておき、ことに哀れをとどめたのは冥土にいる小栗たち十一人であった。

閻魔《えんま》大王は、やってきた一行を見るや、

「だから言わんこっちゃない。ほれ、悪い奴らがやって来たぞ。あの小栗と申すのは娑婆《しゃば》にいたそのとき、善といえばそれから遠く、悪といえば近くなる大悪人の者なので、あれを悪修羅道へ落としてしまえ。十人のお供の者は、小栗に関わり非業《ひごう》の死を遂げたのだから、今一度娑婆に戻してやろう」との命である。

十人の殿ばらはこれを承《うけたまわ》り閻魔大王のもとに参じ、

「なんと大王様、我ら十人の者が娑婆へ戻って本望遂げるは、できぬ相談。どうか主の小栗様一人をお戻しあっていただけるものなら、小栗様が我らの本望を遂げてくださることは必定《ひつじょう》。我ら十人の者は浄土ならば浄土へ、修羅道ならば修羅道へ罪に応じて行かせてくだされや、大王様」と訴えた。

大王はこれを聞いて、

「それにしてもあの者どもはなんと主人に忠孝を尽くすことか。それなら末代のために十一人とも戻してつかわそう」と思い、閻魔庁の役人を呼び、「日本に遺骸があるか見て参れ」と命じた。

役人が「承ってござる」と、高野山《こうやさん》の上空から金剛杖《こんごうづえ》で虚空をはったと打つと、日本が一望できた。

「なんと大王様。十人の家来どもは主のために非業の死ということなので火葬にいたし、体がございません。小栗一人は名大将ということなので土葬にいたし、体がございます」

大王はこれを聞いて、

「後世の手本にと、十一人すべてこの世に戻してとらせようと思ったが、身柄がなければ仕方ない。十人の家来衆をどうして修羅道に落とすことができようか。わしの脇立ちとする」と、五体ずつ両の脇に十王十体とお祀《まつ》りになって、今でも後世の衆生《しゅじょう》を守っている。

ついで「さあ、小栗一人を戻せ」と閻魔大王自筆の判を書いた。

「この者を藤沢上人《ふじさわしょうにん》第一の弟子として渡し申す。熊野本宮湯《くまのほんぐうゆ》の峰《みね》に入れよ。湯の峰の湯に入れるのであれば、浄土からも薬湯を沸き上げるものとする」と大王自筆の判で保証した。

大王が金剛杖で虚空をはったと打つと、築いて三年になる小栗の塚が四方へ割れのき、卒塔婆《そとば》は前へかっぱと倒れ、烏《からす》どもが、からからと笑った。

藤沢のお上人は、夢見に、上野《うわの》が原に無縁の者とて小栗がいるだろう、鳶《とび》や烏《からす》が笑いおるであろうとあって立ち寄ってみると、小栗、髪はぼうぼう蓬《よもぎ》の乱れ放題、手足は糸より細く、腹は鞠《まり》をくくりつけたようで、見えず聞こえず物言えず虫の息、あちらこちらとよろよろ這《は》い回《まわ》り、やがて両手を押し上げて物を書くまねをして、胸のあたりを押し出した。

上人が胸の札をよくよく見ると、大王自筆の判が据えてある。

上人はこのことを横山一門に知られては一大事と思い、頭を押さえつけて髪を剃り、見た目が餓鬼に似ているというので、餓鬼阿弥陀仏《がきあみだぶつ》と名付けた。

「ああ、ありがたいことじゃ」と上人も胸札に「この者を一引きすれば千僧供養、二引きすれば万僧供養」と書き添えて、土車を作り、餓鬼阿弥を乗せ、雌雄二本の綱を車に組みつけて、上人みずから「えいさらえい」と上野が原を引きいだす。

相模の田中を引くときは、横山家中の者は敵の小栗と知らずして、哀れ照手姫のために引けやとて、因果のめぐる車にすがりつき、五町だけ引いていく。

どこまで行くのか尋ねると、坂はないのに酒匂《さかわ》宿、松林の中を「えいさらえい」と引いていき、小田原《おだわら》に入れば、小路細うて下馬の橋。湯本《ゆもと》地蔵を伏し拝み、足柄箱根《あしがらはこね》はこれかとよ、山中三里、四つの辻、伊豆《いず》の三島《みしま》や三枚橋を「えいさらえい」と引き渡し、流れもやらぬ浮島《うきしま》が原《はら》、小鳥さえずる吉原《よしわら》の、富士のすそ野をぐいぐい上り、川で垢離《こり》をとり、富士浅間《せんげん》神社を心静かに伏し拝み、物言わぬ餓鬼阿弥に「さらばさらば」といとまごい、上人はここで藤沢へと下っていく。

ここで信仰心の篤《あつ》い道者たちが引き継いで、車を引いていくうちに、吹上《ふきあげ》六本松はこれかとよ、田子《たご》の浦《うら》に打ち出でて、清見《きよみ》が関ではるか南を眺め、三保《みほ》の松原、袖師《そでし》が浦《うら》の一つ松、あれも名所やおもしろや。音に聞く清見寺《せいけんじ》、江尻《えじり》の細道引き過ぎて駿河《するが》の府中に入れば、昔はなくとも今浅間《いませんげん》、冥利《みょうり》につき、蹴上げて通る丸子《まりこ》宿、雉《きじ》がほろほろ宇津《うつ》の谷《や》峠を引き過ぎて、岡部《おかべ》の田道を上り、松にからまる藤枝《ふじえだ》の、四方に海なき島田《しまだ》の宿を「えいさらえい」と引き過ぎて、七瀬流れて八瀬落ちて夜の間に変わる大井《おおい》川、鐘をふもとに菊《きく》川《がわ》の、月差し上る小夜《さよ》の中山《なかやま》、日坂峠《にっさかとうげ》を引き過ぎて、雨降り流せば道中難渋、車に情けを掛川《かけがわ》も、きょうは掛けずの雨の中、「えいさらえい」と引き過ぎて、袋井《ふくろい》の田道を引き過ぎて、花は見付《みつけ》の郷に着く。

餓鬼阿弥の、あすの命は知らないが、きょうは池田《いけだ》の宿に着く。昔はないが今切《いまきれ》の、ふたつの浦眺める潮見坂《しおみざか》、吉田《よしだ》の今橋引き過ぎて、五井《ごい》のこた橋これかとよ。夜はほのぼの赤坂《あかさか》の、糸繰りかけて矢作宿《やはぎ》。三河《みかわ》にかけた八橋《やつはし》の、蜘蛛手《くもで》に思い乱れるかきつばた、花は咲かぬが実は鳴海《なるみ》、頭護《とうご》の地蔵と伏し拝み、一夜の宿を取りかねて、夜は深い星が崎《ほしさき》、熱田《あつた》の宮に車着く。車引く者これを見て、これほど涼やかな宮を誰が熱田と名付けたか。大明神を引き過ぎて、坂はないのに尾頭坂《おとうざか》、新しいのに古渡《ふるわたり》、緑の苗を植えるのに黒田《くろだ》と聞けばいつも頼もしいこの宿よ。あまたの河原引き過ぎて杭瀬《くいせ》の川風冷ややかに身にしむよ。

土の車を引くとも思わぬ善行の車はほどもなく、宿の呼び込み騒がしく、紅売り魚売り灯心売りも声張り上げる美濃の国青墓《あおはか》の宿、万屋の門の前に着く。けれども何たる因果、ここで車の引き手なく三日の間動かない。

時も時、折も折、湯茶の汲み上げに、野に出ようとした照手姫、餓鬼阿弥を見かけて嘆く言葉もしみじみと、「ああ、夫の小栗様がたとえあのような姿をなさっていようとも、とにもかくにもこの世におられるものならば、わが身これほど辛い目に遭うとても、辛苦とは思うまいものを」と立ち寄り、胸の札を見た。

「この者を一引きすれば千僧供養、二引きすれば万僧供養」と書いてある。

さてさて一日の車道《くるまみち》、亡き夫小栗様のために引きたいものよ。さてさて一日の車道、十人のご家来衆のために引きたいものよ。二日の道を必ず一日のうちに戻るとして、三日の暇がほしいもの。ご機嫌をうかがって暇をもらおうと思い、あるじの君のところに願い出ようとした。

が、ああそうだった、昔、奉公の最初に、自分は男の肌に触れることのできない身と言ったのに、今、夫のためと言うのなら、これは暇などもらえそうもない、両親のためにと言おうと思い直した。

「なんとあるじ殿。外におられる餓鬼阿弥の胸札に、『この者を一引きすれば千僧供養、二引きすれば万僧供養』と書いてあります。それで、一日は父上のために、一日は母上のために引きとうございます。二日引いたその道を一日で帰りますので、どうか三日の暇の情けをくださいな」と願い出た。あるじの君はこれを聞いて、

「さてもお前は憎たらしいことを申すよな。昔、遊女勤めを命じたそのときに、すんなり受け入れておれば三日でも十日でも暇を取らせたものを。烏《からす》の頭が白うなっても馬に角が生えようとも、暇なぞ取らせはせんぞ、常陸小萩」と言った。照手はこれを聞いて、

「なんと、あるじ殿。溺れて流木に助けられた者もあり、旅は心、世は情けというではあ

りませんか。舟は入り江で嵐を避け、捨て子は村が育てる。木ありて鳥は巣を作り、港ありて舟も入る。にわか雨の雨宿り、これも多生の縁。三日の暇をいただけるものならば、あるじ夫婦の身の上に一大事のあるその折は、私めが身代わりにお立ち申そうゆえに、三日の暇の情けをおかけくだされませ」と懇願する。あるじはこれを聞いて、

「さてもお前は心優しいことを申すよな。暇を取らすまいと思ったが、もし今後、われら夫婦の身の上に変事あるその折には、われらに引きかわり身代わりに立つと申すのか。そのけなげな一言により、慈悲に情けを添えて、三日と言わず今夕含めて五日の暇を与えるぞ。もし五日が六日になるものならば、ふた親とも無間《むげん》地獄に落とすぞよ。さあ、車を引いて行け」と暇を与えた。

照手はこれを聞いてあまりの嬉しさに、はだしのままで飛び出して車の手縄に取りついて、一引き引いては千僧供養、夫の小栗様のため。二引き引いては万僧供養、これは十人の家来衆のためと死者の冥福を祈ったが、人が言うにはわが身は器量よし、宿場や関所で要らぬ浮き名を立てられては心外と、万屋に取って返し、古い烏帽子《えぼし》をもらい受け、これを髪に結い付けて、背丈と同じ長き黒髪をさっと乱し、顔には煤《すす》を塗りたくり、小袖の裾を肩までたくし上げ、手にする笹《ささ》の葉に白いしでを垂らし、心は狂わねど姿は物狂いのさまに装って、

「自分が選んだこの道よ。引けよ引けよ子どももらよ、物に狂って見せようぞ」と、うれし涙の垂井《たるい》の宿。

日は早や西に入り、路銭思えば今宵《こよい》は野宿、大寺の裏手の軒下で引く手休めてうつらうつらの浅眠り。と、近くの木の根を枕に寝ていた酒酔いむっくり起きあがり大あくび、土車見つけ、これは何じゃ、あやしいものとふらふら近づき、餓鬼阿弥そばで寝入る照手のいるを知り、面《おもて》をあらため、「やや、狂女にあれどこれはいい女。抱き寄せて、足の先より身体じゅう、肌と肌とを重ねてみたいもの」と戯れかかろうとする。

照手はあの春小雪のことを思い、ああ、遊女の春小雪、立君《たちぎみ》の頃には「さあご覧ぜよ、ご上臈《じょうろう》。悪くないでしょ、このあたし」と川舟か小屋にいざなったに違いない。だが、男の慰みなぞ、とんと分かりはせぬ、それに加えて男に病を起こす穢《けが》れの身と、うそをまことのこの照手、何よりも餓鬼阿弥のため小栗様ご家来衆大事と、情理のないけものを振り捨てて、その場から逃れ去った。

たぷたぷと墨の汁含んだ筆が塗り込める夜の空、雲間に漏れる月明かりのありがたさ、小栗様供養の一引き、ご家来衆の二引きと、誓いは不破《ふわ》の関を貫いて、うつらうつらと寝物語《ものがたり》の里。

ここは近江と美濃の国境、逢《あ》う身のなき哀《かな》しさよ、あの世の小栗様とこの世のわが身のかなわぬ睦《むつ》み言《ごと》、せめてこの餓鬼阿弥と言葉を交わしたいもの。屍《かばね》に見えても餓鬼阿弥は蜘蛛の息ながら生きている。

聞けや餓鬼阿弥、聞いておくれと夜通し引き過ぎて、目も醒ヶ井《さめがい》の、日も早や高宮《たかみや》河原に鳴くひばり、姫を見守る優しさよ。

葛籠《つづら》の里を通れば、十二単はあれに込めて小栗様眠る土の中、思えば衣擦《きぬず》れの音もなつかしく、二人な老蘇《おいそ》の森もむなしく「えいさらえい」、かなわぬ願いの風揺れて、木洩《こも》れ日《び》ひたひた「えいさらえい、えいさらえい」とずんずん引き行けば、御代《みよ》は治まる武佐《むさ》の宿通り過ぎ、鏡《かがみ》の宿に車は着いた。

照手は鏡と聞いても、人は澄んだ鏡と言わば言え、今の私の心には、あれといいこれといい、この餓鬼阿弥引くことで頭はいっぱい。心は闇のようにかき曇り、何のどこが鏡か分からない。晴れぬ心を曇らす鏡の宿で眠りこけた。

安からぬ心を野洲《やす》の川晒《さら》し、眺むれば比叡《ひえ》も比翼と守山《もりやま》を、「えいさらえい」と引き行けば、姫の裾に露こぼれる草津《くさつ》の宿過ぎて、萩の名所はここかとよ、野路《のじ》の玉川《たまがわ》引き過ぎて、三国一の瀬田《せた》の唐橋《からはし》を「えいさらえい」と引き過ぎて、石山《いしやま》寺の鐘、耳に響いてことにすぐれ、いとしい人に粟津《あわづ》の松原心騒ぎ、打出《うちで》の浜に寄せる波の音、餓鬼阿弥車引く照手姫を後押しするよ。

急いで行けば札《ふだ》の辻、鉢叩《はちたたき》垂髪乱して瓢簞《ひょうたん》たたくもやかましく、葱《ねぎ》売り油売り草刈り行きかって、ほどなく大津の関寺《せきでら》、蟬丸《せみまる》の琵琶《びわ》の音色ゆかしき「たま屋」の門前に車は着いた。

ここに至ってこの餓鬼阿弥に付き添うのもきょう限り。

朝雲は暮れに雨となり、逢坂《おうさか》山の雲雨《うんう》に濡れる照手餓鬼阿弥は、蓑《みの》かぶる車の上と下。照手まだらに眠るうち、人の音せぬ明け方に観音様がほのかにお見えになった。

東天しらじら明けて、ここで餓鬼阿弥送らねば青墓には帰れない。親を無間地獄に送ることになるやも知れぬ。大恩ある万屋のあるじ殿にも顔立たぬ。

知ってか知らいでか、いや照手の胸の内など知らずして、餓鬼阿弥は死人のごとく動かない。ああ、小栗様なら今のわが身を見てどう言ってくださるであろうかと思うにつけ、胸に迫る思いが出湯《いでゆ》のごとく、照手は、枯れ果てた蟷螂《とうろう》見たような餓鬼阿弥見据え、万屋のあるじ様には、わが身の肌が、指先が、男の肌にたとえ一本たりとも触れようものならば、悪い病気が起こると言ったけれども、口は肌には当たるまい、こんなに濡れた肌もあるまいと、餓鬼阿弥の顎を引き寄せ口を吸い、口を利けよと息を吹き込んだ。ひとしきり口を吸い、また息を吹き込むと、照手きっぱり立ち上がり、たま屋に願い出て、料紙・硯《すずり》を借り受けて、餓鬼阿弥の胸札に書き添えた。

「東海道七国で、車を引く者数々あれど、美濃の国青墓の宿、万屋の君の長殿《おさ》に仕える水仕事の下女、常陸小萩という女、青墓の宿から上り大津関寺まで車を引いて参り候う。志ある方々この先熊野までお引きあれ。熊野本宮湯の峰にお入りになって、必ず帰りには青墓に一夜の宿を乞われたし。返す返すもお名残《なご》り惜しや」

照手思うに、何の因果の縁やら、蓬萊山《ほうらいさん》の飾りのお座敷で、夫の小栗様に死に別れたのも、ここでこの餓鬼阿弥と別れるのも、どちらも思いは同じもの。小栗様と添い遂げられなかったその上に、餓鬼阿弥と熊野まで連れ添うこともかなわぬ思いのやるかたなし。

ああ、わが身がふたつあったなら、身のひとつは青墓のあるじの君に戻したい、さて、もうひとつのうつし身は、このまま餓鬼阿弥の車を引かせておかせたい。

心はふたつ、身はひとつ。

いまだ引き手現れぬ餓鬼阿弥車を、ぼんやりたたずんで見ていたが、そうばかりもしていられないので、泣く泣く美濃青墓宿の万屋に戻っていった。

＊この作品は説経『をぐり』（『小栗判官』）をもとにしています。また『梁塵秘抄《りょうじんひしょう》』などの詞章を取り入れたところもあります。

花狐

おヨシというのは、わたしの母のことである。

「与志子」という親のつけた名前はあったが、半世紀近く前、戦後の昭和まっただ中、このあたりがまだ純農村地帯であった頃、そういう愛称は村内で十分通用し、何がしかの発展家にいたっては近郷にもその名を知る人がいた。

何か深い事情があるのか酔狂なのか、とにかくその頃のことを聞きたがっている人がいるということで、長瀬《ながせ》の町内会長が母の都合を聞きに来た。知らない名字だった。昔は六十軒ほどの集落だった長瀬の名字といえば三つくらいで、それがここ数十年、長瀬地区の田んぼに次々と団地が造成され、長瀬の人口は増え続け、そんな関係で新長瀬在住者が町内会長を務めるようにもなっていた。こんなことで旧長瀬の者は、世の推移を「時代やなあ」と身近に実感するのだった。

「京都の人ということです。何かこの辺の昔話ちゅうか、先祖の過去のことを調べたいということで、私にもよう分からんのですが、生きてはったら、おヨシちゅう人に会うてもみたいということで」

町内会長は誰も本気で相手にしないような、ちょっと面倒くさい話を肩書ゆえに自分に振られたということを、みじんも気配に出すことなく、穏やかに語りだした。その職にふさわしい、いい人柄だった。

「前会長に相談しましたところ、親爺《おやじ》に聞いてみるわということで、耳と記憶が遠くなりつつあるお父さまから、どうやらお宅のお母さまのことではないか、ということになったのです」

「えらい、突然ですなあ」

夕飯の途中だったので、口をもぐもぐさせながら、わたしは一応の話を聞いてみた。

話というのは、四十年ほど前、この村に「住んで」いた男の甥《おい》の、その娘に当たる女性が、大伯父のここでの生活ぶりについて聞きたいということだった。その男が遺《のこ》した大学ノートの中に、わたしの母のことがちらっと出てくるらしい。

「分かりました。ばあさんに聞いてみて、何か分かりましたら返事します。その方の連絡先を教えておいてください」

渡されたメモには「梨田阿蘭《なしだあらん》」という名前と携帯の番号が記されてあった。

今度はわたしが、耄碌《もうろく》の始まっている母の体調と精神状態を考慮しつつ、ロクロハン（後で阿蘭から「六郎《ろくろう》」という名だと聞いた）という男の思い出を聞き出すという作業だ。近い過去のことはまだらになっているというのに、母の数十年前の過去は、ときに鮮明に彼女の海馬に貼り付いていた。

総合するに次のような話だった。言われてみればその男の記憶は、幼少時のわたしにもかすかにある。幻灯めいているが、いつもマントのような藍のどてらを着ていた男のはずだ。

六郎はロクロハンと呼ばれていた。村人の誰も、ロクロハンの戸籍上の本名は知らなかった。

この男、大神川《おおかみ》のきつね橋の下に住む。片田舎でルンペン稼業をしている男はその節珍しく、好奇と少しばかりの嫌厭《けんえん》の目で見られるのは免れないが、ロクロハンは生来お人好しだった。ために善良の仮面の下に潜む田舎人の片意地をときほぐす術にすぐれ、というより、人々に愛されていた。

ロクロハンみたいになったら、あかんで。ロクロハンみたいに極楽とんぼになれたらなあ。使い分けられてはいたが、要するに村人の気休め。村人の慈悲心にもよく恵まれ、ロクロハンはルンペンのわりには血色がよかった。

ロクロハンの愛車は年代物の実用自転車。何でも伊勢湾台風のときに、きつね橋の橋梁《きょうりょう》に流れ着いてひっかかっていたものという。持ち主が名乗り出ぬまま二十数年、ロクロハンの手入れのたまもの、昔の物は何でも頑丈やったと、村人の嫉妬にも似た賞賛、ロクロハン知ってか知らないでか、新聞配達よろしく近在の村々に朝な夕な現れたそうな。

市域の膨張に伴い市に編入される以前のその昔、福寿《ふくじゅ》村と呼ばれていた地域にあるのがきつね橋、したがってロクロハンは、きつね橋の近在の、福寿の小字《こあざ》に出没するが、当時の現住所、すなわちきつね橋は佐和《さわ》市長瀬町のはずれ、長瀬の人々に一等顔なじみであった。

長瀬は小さな在所であるが、洪水のような勢いで宅地化が進む旧福寿村のなかで、エアポケット的に田んぼや畑地、竹藪《たけやぶ》、雑木林《ぞうきばやし》をかなり残していた。だから、絶滅危惧種のごときロクロハンが命脈を保てたのかもしれぬ。

ロクロハンは、日の出とともに起きだし、朝の空気を存分に身にみなぎらせて長瀬の農地を巡回する。まるで田の神である。

年寄り連中が早鳴き鳥とともに起き出し、ついで壮年や子どもの面々がそれぞれの職場や学校に出かけるのが長瀬の朝、ロクロハンが順繰りに顔を合わす相手はいったいに若返る。たんびに相手の反応におかまいなく、「おうよ」、「おうよ」と健在を示すあいさつ、住民も馴《な》れたもの。世代によって異なるものの親愛を込めて、いなしている。

ときにロクロハン、マイカーを駆って出勤まぎわの男に近寄り、「お前、えがんどるぞ」。男は窓を下げ、ロクロハン見やり怪訝《けげん》な表情、「えがんだるがな、知らんのかいな」顎をしゃくって示した所を見れば、そこにはとんでもない方向が映っていた。「後ろもよう見て走りや」、もちろんバックミラーなどないロクロハン号はそれだけ告げるとのろのろと歩み出す。そんなこともあった。

長年の信用である。畑仕事の手伝いなどをして、子どもの小遣い程度の施しを受けたりして食いっぱぐれはしていなかったようであるが、ロクロハンは基本的に物もらいであった。ロクロハンの朝食は、若い者が労働に出向く前に畑でひと仕事する、おもに老女たちが調達していた。朝の畑での立ち話でごく自然に施しを受け、それがちっとも卑屈ではなく、しかもロクロハンはその場で食すなどという見苦しいまねはけっしてしなかった。

ロクロハン、六十をゆうに超えた年にいたるまでずっとルンペンであったかというと、もちろんそんなことはなく、もとは佐和の町中の呉服屋のせがれで、遠い先祖は武家に出入りして商いをしていたとか。同じ乞食でも、ロクロハンの、どこか実直で多少の自負を感じさせる雰囲気は、そこらあたりに由来するのであろう。父祖の代から佐和の旧城下へ下肥取りに出向いていた長瀬の古老たちは事情を承知、ロクロハンが恒産を放棄し、いつしかきつね橋を拠点に長瀬の半住民になっても、土地から排除しようとするほどの警戒心と違和感はなかった。

では、なぜ、彼が無業となり少々変わった生活をするようになったのかだが、これも噂の域を出ぬこと、しかし、噂の根拠となる事実として、ミンダナオ島の部隊で奇跡的に生き残り、敗戦の混乱の中、帰りまちわびるはずの我が家に復員してみたところ、こんな田舎町への気まぐれなB29の空爆が紡績工場と国民学校にあって、それらがもとで家族を失っていた、ということがあった。

ロクロハンの世捨てと流浪はそこから始まった、らしい。

この地の住みかの地主、あるいは管理責任者は国か県か市か知らないが、竹藪の中のきつね橋の掛け替えが予定されているわけでもなく、過去に、行政から立ち退くようにとの指導勧告を受けたことはあったのだろうが、強制執行には至っておらぬ。

ロクロハンの存在は行政手続き上わずらわしいが、毒にも薬にもならぬのである。

ロクロハンはこうして長瀬の半住人になって三十年以上たったが、いつ頃からか、実質的にはその三分の二になっており、というのは実はロクロハン、冬場はぜいたくにも避寒しているらしく、末弟が京都におり、彼のはからいで風雪をしのいでいるらしかった。新《にい》嘗祭《なめさい》は勤労感謝の日に変じたが、その勤労感謝の日あたりから、翌年の春分の頃までがロクロハンの冬ごもりである。本当に陽気とともに、ロクロハンは福寿村に現れる。その、いわば年中行事が長らく続いている。何もそんな手の込んだ生活をせずとも、福寿に、長瀬に、特別な因縁《いんねん》のあろうはずもないのであるが、そこがまた、ロクロハンの分からぬところであった。

さて、そのロクロハンが、いつものように長瀬に舞い戻って再びきつね橋の旧居を足がかりに気ままな生活を送り始めてひと月たとうとするある日、忽然《こつぜん》と彼はいなくなった。

「平成」と墨書された色紙がテレビ画面に大写しされた年だった。

四月中旬、桜が花の未練を断ち切るように濃緑に繁茂するころ、長瀬周辺は菜の花の黄色と、休耕田を利用した市の「レンゲいっぱい運動」とやらで、目にも鮮やかな色舞台となる。そんな陽春の午後であった。

レンゲ田で寝ころび、頰杖《ほおづえ》をついて、往来や遠くの山並みを眺めているのであろうと思われるロクロハンの姿が見かけられた。

ロクロハンの行方不明事件、今もって彼は行方不明なのであるから、事件と言っては未解決なのである。それはともかく、この事件には伏線《ふくせん》があった。というのは、ロクロハンが長瀬から消えたことに深い関わりがあろうと思われる動物、長瀬、いや福寿のような水田地帯にはまず姿を見せたことのなかったキツネ。そのけたたましい鳴き声が夜な夜な聞かれ、それらしき小動物の姿が夜陰に隠れ遅れ、払暁に浮かび上がるという目撃例が、数年前からたびたび暇な村人の話題の一つに上がるようになっていたのだった。

理由はどうあれ、オトギバナシの世界ではキツネはコンコンと鳴くはずだからギャオギャオという発声は当初、謎に包まれ、気味悪がられていた。しかし、誰言うとなくキツネではなかろうかということになり、そう言われてみるとそれはそうで、ゴンゴンと聞けた。

キツネは夜行性であろうから、それまでたまたま目にされなかっただけかもしれない。

また、もとの生息地が、開発という名のもとに破壊され、比較的自然環境が豊かな長瀬まで、大神川《おおかみ》の河畔林に沿って下ってきたのかもしれない。猪《いのしし》がびわ湖を泳ぎ渡って湖岸の平流山《へるさん》にたどり着いたという話で持ちきりだった時期もあったくらいだ。

ともかくこういう話があった。

ロクロハンが消えてなくなる日の白昼、レンゲ田で物憂《ものう》げに頬杖をついていたロクロハンの、右脇あたりに確かに動物、それも金色の毛並みの生き物が潜んでいて、仲よしの二人という印象だったという。

ロクロハンの動静など誰もちくいち気にしているわけではない。長瀬近辺をなわばりにしているカラスと同様、いなくなればいなくなったで、いなくなったことに気づく程度である。

しかし、その日のロクロハンの居場所がいつになく変わったところであり、そこのところに気づき、留意した者があった。おヨシさんである。おヨシさんは自分より年輩の女子《おなご》衆《し》といっしょに、持参したぼた餅をロクロハンと一緒にほおばったり、夏場はご丁寧にも、田の草取りにいく際に遠回りして、蚊取り線香を置いて行ってやったりもしていた。

その日、虫が知らせたというか、何か胸騒ぎを覚えるものがあったのか、おヨシさんは「どうしたんやいなあ、そんなとこで」と大神川の支流の小川の土手道から、ロクロハンに声をかけたという。そしてそのとき、彼女は彼に寄り添う動物を確かに見たというのだ。しかし、次の瞬間、すなわち、ロクロハンがやおら半身を起こし「おうよ」と答えた時には、黄金色の毛並みであったはずの、その生き物は見あたらなくなっていた、というのだ。この件について、村の者は、誰もおヨシさんの言を信じない。おヨシさんは我を張る人ではない。そのため、強弁する人でもない。

したがって、ロクロハンの存在が長瀬で確認されぬ今となっては、おヨシさんの目撃は、おヨシさんの目のサッカクというかたちで、永久にあの時のレンゲ田に封じ込められてしまったのである。

しかし、おヨシさんは近しい畑仲間に語る。

「わたしはなあ、あの時ロクロハンを見かけて、すぐには声をかけなんだんや。なんや、その横で、もぞもぞちらちらいごくもんがある。それは確かにキツネやった。そのキツネめの頭をロクロハンはやさしう撫《な》でてやってるんやがな。キツネめも、遠目でようわからんかったけど、とろーんとした目つきでぼーっとしとる。わたしも見てるうちに気持ちようなってしばらく声もかけられんとそのまま見てた。さかさま川（大神川の支流）の土手には菜種の花、その向こうのげんげ（レンゲ）田にキツネとロクロハンや。キツネは別にしても、そんな景色いっつも見慣れてても、その日は絵本みたいにきれいやった。ほんで、しばらく眺めてたのやが、ロクロハンの様子がちいとおかしい思たんや。なんでて言われてもようわからんのやが、なんやげんげ田に融《と》けていくような気ィがしてなあ。ほんで、どうしたんやいなあ、ちゅうて声かけたんや。そしたらなあ、キツネめが、もわもわと大きなってロクロハンに乗りかかるように見えてふいと消えたんや。わたしもくらっときてなあ。あれっと思たら、げんげ田で身を起こしたロクロハンが、おうよ、言うたんや」

「何してやあるんやいなあ」とおヨシさんは再び問いかけた。

「ロクロハンが起きあがらった時には、もうキツネめはおらんようになっててなあ。おかしいな思たけど、何や聞くのも悪い気がしたし、その時は目の錯覚やろ思てあんまり気にもせなんだ」

「花見してるんや」嬉《うれ》しそうにロクロハンは答える。

「花見、て、桜は散ってしもてるし、第一、近くに桜なんかあらへん。あ、そうか、げんげや菜種の花やなあ思て、綺麗《きれい》やなあ、言うた」

「ほんま、綺麗や。ここにいてるとな、花の海に潜ってるみたいやで」

「ほうかあ。……花の海とはロクロハンもうまいこと言うなあ、思うて、ほんでも溺れたらあかんで言うて冗談言うたんや」

「ここやったら、溺れても苦しいない。ちょっと、竜宮にでも行ってこうかなあ」とロクロハンも軽口をたたく。

「あはは、阿呆《あほ》言うて」

こんなやりとりの後、二人は別れる。いや、おヨシさんはその場を立ち去った、ということである。

別れ際、ゴンとロクロハンの鳴く声がした云々《うんぬん》のオチもあったりしたが、これは、おヨシさんの話をもれ聞いた誰かのおどけた創作であろう。

これが、ロクロハンの蒸発の顚末《てんまつ》なのであるが、その後のうわさ話は数々あった。キツネにたばかられて、今頃どこかの在所をうろついているのであろうとか、あの年代物の実用自転車が駅の自転車預かりに放置してあったということだからやはり出奔《しゅっぽん》したのであろう、そうそうきつね橋下の旧居はきれいに整理整頓されてあったとか、無責任な話が村人の会話のついでに流されたりし、いやいや戦後何十年も経ってしもたし、思うところあって、戦災で肉親を失った不幸な復員兵士としての自分にひと通りの区切りをつけたのではないかなどという、人の来歴を勝手におもんぱかった、それでいて、ずいぶん良心的で感傷的な解釈もあったりした。

かなり精度の高い情報としては、長瀬の町内会長宛に、京都の遠縁から礼状が届いたというのがあった。また、ロクロハンの住まいの横の竹藪の中にキツネの巣穴があったのを福寿中学の理科の先生が発見したというのもあった。しかし、いずれも誰もまともに確かめようとはしなかった。ロクロハンの行方はもちろん少しは気にはなるが、老人会長の右足骨折の原因だとか、ユウさんの若嫁が姑《しゅうとめ》と合わず、息子はとうとうどこかに家を建てて長瀬から出ていったとか、そういった話の方が現実味があるのである。とにかく、ロクロハンの件は浮いていた。近くで身元不明の死人が出たとか、警察がロクロハンのことで村にやってきたとか、そんな騒動もない。

ロクロハンは誰に知られることもなく、消えた。

「大伯父は案外、風流人でして……。短歌や俳句めいたもの、遺稿というか大学ノートの書き付けが残されていましてね」

モスグリーンのワイドパンツと桜色の七分袖プルオーバー姿の梨田阿蘭は、話し始めるや、初対面のわたしに対して自然な笑みを浮かべた。大学四年生ということであった。そのわりにはしっとりとした落ち着きのある、聡明《そうめい》そうな目元である。

前述したような情報しかないが、それでもいいかと連絡したところ、それでいい、お忙しいのにこんなことで時間を割いていただいて申し訳ないということで、ＪＲの駅前にあるビジネスホテルの喫茶店で顔を合わせることになったのだ。

「日記みたいなものもありましてね。そこにお宅のお母様のお名前がありましたものですから、ぶしつけを顧みず……」

「母に直接会って何か聞きますか。認知気味ですが」わたしは冗談にして笑った。

「いや、いいんです。大伯父とのつながりが確認できただけで十分です」

なら、電話だけでもよかったのではないかと、わたしが少々いぶかしく思ったのを察したのであろう。

「あのう、長瀬にきつね橋ってありますよね。どんな橋ですか。一度、見ておきたくて」

「ああ、はい。旧福寿村域には、大神川にかかる橋が四つあって、青柳《あおやぎ》橋、おまる橋、福寿橋、一番川下が通称きつね橋です。長瀬にあるのは福寿橋ときつね橋でね、県道にかかる福寿橋は交通量が非常に多くなったので立派な橋に掛け替えられたのですが、きつね橋を利用する人はほとんどいません。」

「行ってみたいんです。ご足労ついでに、ずうずうしいのですが、ご案内いただけますか」

彼が残した数々の草稿の中に「れんげそうにほひゆかしきながむくろながせのはしのもとにぞおかむ」という歌があるのだそうだ。わたしはそのとき阿蘭から、耳でそう聞いたのだが、書かれている文字も仮名だという。

「稚拙な短歌でしょ。むくろなんてちょっと不吉だし……」

言ってから、阿蘭は恥ずかしそうにうつむいた。

「いやなかなかのものですよ。素人では作れません」

実際、わたしはそう思った。

「そうですか。ありがとうございます。大伯父は六郎という名前ですが、長兄なんです。一番下の弟、つまり私の祖父ですが、子供の頃、遠いすじに当たる京都の梨田家に養子に出されておりました。戦時中の不幸や何やかやで、血のつながった六郎の親兄弟は祖父を残して次々亡くなりました。そうして今は結局、係累はここを離れていた弟の息子、六郎にとりましては甥にあたる、私の父だけということになりました。二十年ほど前になりましょうか、父は二十八歳という若さで、晩年の彼を梨田の家に引き取ったんです。事業をしておりました祖父の遺産もございまして……」

母から聞いた話の一部とつじつまが合うので、わたしは安心したというのか、ホウとため息をついてしまった。父方のルーツを尋ねに来たのかと思うと、目の前にいる阿蘭という女性が、殊勝な女の子に思えた。

「で、六郎さんゆかりの橋の下を一度見ておこうと……」

わたしは失礼なことを言ったような気もしたが、数十年前の話だ。

「ええ、でも、六郎はあの歌で、なぜ『きつね橋』とせずして『ながせのはし』としたのかなと。もちろん長瀬という村にある橋ということなんでしょうが。……川といえば、近くには『いさや川』もありますし、このあたりでは有名な橋かなと思って」

地元市民でもほとんど知らない万葉の川の名が出てきて、わたしは正直驚いた。初対面の者に説明も前置きもなく言うことではないだろう。

「長瀬の橋ねえ……なんのいわれもないと思いますがねえ。当然のことながら歌枕でもなんでもありませんし」、次いで「大学では国文学専攻ですか」と口もとまで出かかったが、黙っていた。

「大伯父は、棟続きでしたが、離れのような我が家の一室で過ごし、私が小学校三年生の頃、八十歳で亡くなりました。生き方の割には長命だと思います。私の祖父は、私が生まれる以前、大伯父が我が家にやってくる二、三年前に病気で亡くなったそうです。で、私は物心ついてから九つのときまで、大伯父にずいぶん可愛《かわい》がってもらいました。大伯父は、昼間は散歩がてら図書館や美術館に出かけていたことがよくあったそうです。私は学校から帰ってくると、じいちゃんじいちゃんと言っては部屋に上がりこみ、いろんなお話を聞いて育ってきたのです。大げさに言えば薫陶を受けたのです」

「長瀬の話も、いろいろと?」

「ええ。でも、それは話の端々からうかがい知れるという程度でした。話のほとんどは、後になって考えてみれば、こんなこと言うの恥ずかしいのですが……文学的な話、物語や短歌俳句についてでした」

　だから「ながせ」の詮索かと、わたしは思った。

「高校に上がるくらいから、遺稿も興味深く読み始めました。おかしいとお思いになるでしょう。作家でもなんでもないのにね。変なじいさんの書き残した物なんか……そんな私を父も笑っていました。でも、父にしたって、大伯父の生き方に何かリスペクトめいたものを感じていたからこそ、引き取ったのだと思います。遺品はほとんど処分したのに、遺稿はそのままにしておいたくらいですから」

　陽は中天に差しかかっているようであった。外を見ると光がまっすぐ降りてきている。

「何か食べますか。それからご案内しましょう。何もないところですよ。車で七、八分」

「ええ」

　食事は遠慮すると思ったのだが、阿蘭は勧めに従った。飾らないおくゆかしさが感じられた。サンドウィッチをつまみながらの話は、ややくだけたものになったが、とりとめのないものだった。食後、彼女はわたしの申し出を笑顔でしりぞけ、自分の分をきちんと支払い、外に出た。そしてわたしの車を待っている。薄手のトレンチコートは羽織らず、手にしたままだ。

土手道の脇に駐車し、竹藪の中を少し下ったところから、きつね橋の下に向かった。竹林を抜け、イネ科の雑草が腰のあたりまであるところを漕《こ》いでいく。コンクリートの側壁とテトラポットが水流を隔てていた。水音がかすかになり、そこに着いた。

「どうです。本当に何もないところでしょ」

「ええ、橋だけですねえ」

「たぶん、ここだと思います、かつての住居跡は。台風や大水のたびに流れは変わっていると思いますが、橋の位置は変わっていません」

阿蘭はハンカチを取りだし、橋の直下から離れた明るいところに腰を下ろした。わたしも座る。見渡すと、ほとんどが雑草の繁茂する原っぱだが、小石や砂の川原の脇に、涼やかな川の流れがある。ときおり小鮎の銀鱗《ぎんりん》が日に光る。長い髪をかき上げ、彼女はこうつぶやいた。

「六郎はたぶん……ここでキツネと暮らしていたことがあったと思います」

場所がきつね橋だし、母の話の最後にはキツネと一体となった六郎が登場していた。だから、いずれこんな話題も出てくるとは思っていたが、それにしても不意をつかれる直球だった。

「どうしてそう思うの」

思いがけずこんな言い方をしてしまった。彼女はわたしの息子と孫の間の年齢だった。

「長瀬でのキツネとの交遊ぶりを詩にしたものや随想ふうの文章の最後に、まるで、反歌のようなこんな句がメモしてあったのです。『こつじきの犬抱いて寝る霜夜かな』、この句の作者の許六《きょりく》という人は、芭蕉《ばしょう》門下の江戸時代の俳人ですが、……それで、これは、いくらなんでも、そうとは言えないから、六郎は犬に仮託しているだけであって……」

「ふーむ」わたしは返しようがなかった。

「小学校に上がる前だったから、五つか六つのときだったと思います。こんなことがありました。夜中にかすかに人の話し声が流れてくるような気がして目を覚ました私が、寝床を抜け出したことがありました。いつもは川の字に寝てくれる両親が、そのとき傍《かたわら》にいたのかどうか、記憶にありません。二人とも未明に帰宅したような気もします。で、見ると、廊下の先がぼうっと明らんでいて、やはりボソボソと人の声がする」

「六郎さんですか」

「はい、大叔父の部屋からでした。二人なんです。女の人の声。いさかいのようでいて、気安いおしゃべりのような。ねえ、お前さん、というなまめかしい声がもれてきました。私は聞いてはいけないような気がしました。見てもいけない……なんだか、怪談噺《ばなし》に出てきそうな作り話のようですが、障子の格子四つ分くらいに二人の上半身が影絵のように浮かび上がり、もつれあい、揺れ動いている。怖くなった私はあわてて寝室にもどり布団にもぐりこみました。話し声はしばらく続いていたようですが、最後はなんだか子犬が鳴くのをなだめられたみたいなため息が廊下づたいに私の幼い耳に流れ込んできました。私はその気配から逃れるように再び眠りにおちいりました」

「それが女狐だと……」

「そう思います」

彼女は断言した。

「子どもの頃、それも、自己とそれを取り巻く世界が不分明な時期って、幻影のような思い出がよくあると思います。私のそのときの体験もそのたぐいかもしれません。でも、翌朝、確かに次の日の朝、大伯父の部屋の前の廊下にわずかに残った動物の足跡と枯れ松葉のような抜け毛を私は見逃しませんでした。ゆうべの不思議を大伯父からそれとなく聞き出そうと部屋に出向いたときのことです。大伯父はいつになく早い散歩に出ていました。私は大伯父のけがらわしい秘密を見せつけられたような気がして、足跡らしきものを靴下でねじり拭き、それを脱いで黄土色の毛をつまみあげ、裏返してくるくる巻いて庭に埋めました。うちでは犬なんか飼っていませんでした。このことは、大伯父にはもちろん、母や父にも今にいたるまで内緒にしています」

「なんとなく分かるような気がするよ。感受性が鋭すぎたんだよね」

「……そのもやもやしていた謎が、後年、大伯父の遺したノートを見て解けた、ということです」

阿蘭は笑みを浮かべている。その視線の先は、小魚をねらうアオサギをとらえている。

「乞食が抱いて寝た、っていう？」

「当夜、知りあいの女性が来られていただけかも知れませんがね……高齢の六郎が女性といかがわしい行為をすることもないだろうし」

いかがわしい、という言葉が若い女の中に生きていることに驚き、わたしはあらためて阿蘭の横顔をつくづく眺めた。と、それを振り払うように彼女は言った。

「今の私なら、許せますけどね」

横顔は笑っている。

「だから、こじつけかも知れませんが、『ながせ』は土地の長瀬のほかに、『汝《な》が背』という意味もきかせているんじゃないかと」

「……汝が背、……そなたのいとしい人？」

「ええ、ゼミの演習みたいですみません」

「大学では国文?」

「はいっ?……ええ、まあ。……だから、あれは六郎に懐いていたキツネがみまかっての、その挽歌《ばんか》なんじゃないかと。レンゲソウのようにあでやかだったお前、今でも心ひかれるが、この橋の下に埋葬するにしても、お前のことはいつまでも心の端に置いておくよ。そんな意味を込めていたんじゃないでしょうか。そして妻のようなキツネ亡き後、もう長瀬の土地にいる必要もなくなって、父の申し出を受けて梨田の家に身を寄せるようになったんじゃないかと」

「一つのストーリーだね。じゃあ、あの晩の女狐は、その亡霊?」

「いえ、もう人間の女友だちでもいいです。六郎は短歌サークルに入っていて、ご婦人方とのお付き合いもありましたし……」

最後に絵文字の「笑い」が入るような口ぶりだった。

日はやや西に傾き、橋の下にも少し陽射しが入り込もうとしている。やって来た方を大きく振り返ってみると、竹藪の中に紛れ込んだような一本の大きなヤブツバキの木が目に入った。それまで気づかなかったが、相当な大木だ。おそらくロクロハンの頃からあったのだろう。もう今は周辺に見あたらないレンゲ田。その名残《なごり》をとどめているような鮮烈な赤紫がぽつぽつと灯《とも》っている。

「ありがとうございました。もう帰ります」

きっぱりと、阿蘭は言った。

「自分勝手な思いこみと変な解釈ばかりに付き合わせちゃって。すみません」

「いや、おもしろかったよ。こんなことを言ってはなんだが、若い女の子とこんな会話するの、初めてだ」

「辟易《へきえき》ですか?」

「いやいや、そんなことはない。六郎さんのことも、彼が愛したキツネのことも大人の童話みたいで、美しい話だったよ」


阿蘭を駅まで送り、改札口付近のベンチでまた少し話し込んだ。二人とも、電車の時間を調べていなかった。何せ、ここらあたりのJRの電車は、三十分に一本だ。

しばらくして、電車がもうすぐやって来るとのアナウンスがホームから聞こえてきた。わたしと阿蘭の間に、少しく沈黙が流れた。それは気まずくなったからではなく、阿蘭が一呼吸置いた間が長かったからだ。阿蘭はいきなりこう言った。

「六郎は自死したんです。」

「じし?」

わたしは「自死」とはすぐに聞き取れなかった。

「ええ、冷たくなっていたのは、文字通り凍《い》てつくような冬の朝でした。そしてそれは、六郎が日ごとに老衰していって、今後は寝たきりになろうかというタイミングでした。彼はずっとお手伝いさんから介護を受けることも、高齢者のための施設に入ることもいやがっていました。身の回りのことを自分でできるうちは、自分でしようと。その後のことをどうするか、決意していたフシがありました。後で考えてみれば、ですけどね。彼はいつも穏やかな表情でしたし……」

「それまで、一人で生きてきたからねえ」

わたしはごく当たり前のことを言ってしまったようだが、とっさにいい言葉が浮かんでこなかったのだ。

「多量の睡眠薬を服用し、みずから一酸化炭素中毒を引き起こしたのです。部屋にはエアコンも電気ストーブもあるというのに、その冬は、懐かしいからと母に言って、納屋から古い火鉢を持ち出してきてもらって、炭火に薬缶《やかん》を掛けたりしていました」

「他人、いや、身内に面倒をかけたくなかったのだろうねえ」

「そう思います。部屋には目張りがしてあり、火鉢からうまく一酸化炭素が出るように工夫してありました。あまりの潔さ、あっけなさに、父など、伯父さんは工作もできたんだねえ、なんて不謹慎なことを……今年が十三回忌です」

　再び案内アナウンスがあった。

「機会があれば、また来ます」

　阿蘭は少し目を伏せ、明るい声を出した。それからお茶のペットボトルを振って、サヨナラをした。

「気を付けて。京都のどこまで」

「伏見《ふしみ》稲荷の近く」

　手に持った缶コーヒーの先まで硬直したわたしを見て、阿蘭は大笑いした。

「ウソですよ。北山《きたやま》の方」

「はいはい」

「おじさん……」

　ここで阿蘭はまた真顔になって、

「最後に、大伯父六郎の辞世の歌、言っておきますから、覚えておいてね」

　――知らずしてこの世に芽吹くものゆえにいかでか知らん散りゆくまぎわ
　彼女はその歌をわたしに向けて繰り返し朗唱し、澄んだ笑顔を残して改札口を抜け、プラットホームに向かう階段に消えていった。

「山の湯」の女

今は彦根市中央町となっているが、そのあたりは土橋《どばし》町と言った。城の外濠《そとぼり》を横断するための細い土手道の名残りだろう。かつて隆盛をきわめた銀座商店街の勝手口みたいなところだ。

近くには彦劇《げんげき》や協映《きょうえい》、ちょっと離れてセントラル劇場などという映画館もあって、昭和三十年代、マルビシ百貨店のあった銀座は湖東地域の住民にはあこがれの的で、勤労感謝の日の頃の「ゑびす講」大売出しなど、氷雨《ひさめ》の降った年でも、それこそ芋の子を洗うような人出で賑《にぎ》わった。

わたしが高校生の頃、マルビシはとうになくなっていたが、芹《せり》川から内濠にかけて彦根の市街地には高校が四つあって、わたしも三年間市街地を往復していた。しかし、銀座のど真ん中のすぐ裏に「山の湯」という風呂屋や、気風《きっぷ》のいい姐《あね》さん風情の弁天宮があることをすっかり忘れていた。

わたしは最近、ある郷土史家の方から明治維新の彦根草創期の人物群像を教えられ、任《にん》侠《きょう》の親分が、彦根では草分け的存在のキリスト教布教者に感化され、この土橋で「山の湯」という薬湯《くすりゆ》を始めたということを知った。それまで経営していた袋町《ふくろまち》の遊郭を廃し、失業した高齢者たちに職を与えるためでもあったということだった。

わたしはその美談めいた話に心を動かされはしたが、まず土橋の風呂屋と聞いて、古井戸から急に湧水が出てきたように、昔祖父から聞いた話がよみがえってきた。

それと相前後して、ここがＢＩＷＡＫＯビエンナーレの会場のひとつになることも、つい先日、新聞の地方版で知った。

これは一度訪れてみなければなるまいと思った。


山の湯にのれんは掛かっていなかった。わたしは数あるビエンナーレ会場の下見も兼ねて、まずは山の湯の外観をスマホで撮りに来たのだった。

自転車を止める音を聞きつけて、白いブラウス姿の案内係らしい女性が出てきた。例によってマスクをしているが、脂の乗った若鮎《わかあゆ》みたいな女である。

「ここ、ビエンナーレ？」

「はい、そうです。どうぞどうぞ。チケットお持ちですか」

持っていなかった。市内各地に点在する歴史的建造物の中で展示されるビエンナーレという芸術展は勤労感謝の日まで続く。わたしは山の湯の場所と外観を確認した後、時間のある時にゆっくり見て回ろうと考えていた。

「出たところの銀座街の文具店も会場で、そこで売っていますので」

「いずれ時間があるときに買うつもりですが、ちょっとだけ中の様子を見ることはできませんか」

「だめです」女はにべもなく言った。が、目は笑っている。「ここは芸術家さんの、言わばいのちの場ですから、それなりの……」

「学生さん？」市内には滋賀大学経済学部や県立大学がある。学生ボランティアだろうと、まず思った。

「ヘヘヘ」と女は笑った。学生にしては年かさで、場慣れしている雰囲気があったので、「地元のボランティアの方？　どこかのお店の若奥さん？」と、思い直して言ってみた。

商工会か何かの関係者、あるいは地元の有力者か責任者の娘さんあたりが、親に無理を言われて順繰りに出ていることもあろう。何せ催しは二ヶ月近く続く。

今度は「あはは」と笑った。「違うでしょ」と言わんばかりだ。

あ、そうか、市の職員かもしれない、通常業務の合間を見て借りだされている場合もあるに違いないと思い直して、確信を込めて「ああ、市の職員さん」と言った。

「フフフ」、含み笑いして、女はまた「だめです。買ってきてください」と言った。

「じゃあ、きょうは入口から中を眺めるだけにします。ちょっとだけならいいでしょ」

「ええー？　ちょっとだけですよ」

よく笑う女だと思った。

男湯に白い蝶《ちょう》の乱舞らしきものが見え、女湯にピンクのオブジェが並んでいそうなのを確認して、わたしはちょうどやってきた入場者と入れ替わるように山の湯の玄関を出た。女は新たな来訪者に対し、なめらかに口うまく対応し始めた。靴を脱いでいる婦人は言葉からして東海地方からの観光客のようだった。

わたしは軒下から外に出て、山の湯の外観を撮り、弁天宮を撮り、土塁の跡も収めた。この銭湯は一年半前に廃業したということだが、そんなふうには見えなかった。

わたしの父方の祖父は篤実な小作農だった。農繁期には、小作地に加えて、地主の庄屋の田んぼにも作男《さくおとこ》として出向いていたと聞く。祖父は日清戦争（明治二十七年～二十八年、一八九四～一八九五）前に生まれ、昭和四十一年（一九六六）に七十四歳で亡くなった。わたしは祖父の物故した歳まであと七年ある。

祖父はそれ以前に一度死にかかっている。

昭和四十年（一九六五）、わたしは小学校六年生だった。学校から帰ってくると、祖父の枕元に急行させられ、「母親の言うことをよく聞くように」との遺言を神妙に聞いた。子ども心ながら、なんで自分の息子のことは言わないんだろうと不思議に思った記憶がある。あわせて祖父の母も文句も言わず黙々と働く人だったんだろうなあと思った。祖父はそれからほとんど寝たきりの状態になったが、わたしが中学に上がった年に息を引き取った。死に目には会えなかった。

わたしは次男の子だったが初孫であったので、近所に住む本家の祖父母から可愛《かわい》がられ、祖父にはよくおぶってもらった記憶がある。

あの時は山の湯の入り口にはのれんが掛かっていて、風に揺れていたはずだ。人を誘うのれんの手招きがあり、それを揺らす人の出入りがあったはずだ。

ここへは祖父に連れられて来たことが一度あったのだ。

小学校五年の時だった。

「坊《ぼん》、えべすこ（ゑびす講）、行こか」と、祖父は彦根の町へわたしを連れ出した。

ボンネットバスに乗って久左《きゅうざ》の辻《つじ》で降り、爺と孫が弥次喜多道中よろしく川原町《かわらまち》銀座街から橋向《はしむかい》、登《のぼ》り町《まち》、市場街《いちばがい》と巡り歩き、最後はやはりまた銀座の人ごみのただ中にもどった末、どこかで休もうということになった。

祖父は文房具店と洋服店の間の細道をくぐるようにすり抜けていく。抜けたところに山の湯があり、すぐ右手に祠《ほこら》を大きくしたような宮があった。

祖父は宮の石段横に腰を下ろし、キセルを取り出し、刻み煙草《たばこ》の「桔梗《ききょう》」を吸い始めた。喧騒《けんそう》がうそのように引いていた。

祖父は自分の少年時代を振り返り始めた。望遠鏡の先の先のような話だ。

「坊、おじいさんはなあ、お前くらいの時に、ここで女の人に、体洗うてもろたことがあってなあ」

祖父は山の湯の方を向いた。


絹ごし豆腐に包丁を入れるような手つきでのれんが払われた。

カラコロと下駄《げた》の音を響かせ、小股の切れ上がった女が出てくる。

「ちょいと、坊《ぼう》や、こっちにおいでよ」

おこん(紺)さんという女子衆《おなごし》でなあ、その人は。祖父はそう言った。

「坊や、きたないねえ。なんか匂うよ。えらく汚れてるじゃないかえ。洗ったげるから、中へおはいんな」

有無を言わせず祖父は山の湯の中へ引き込まれた。

「体中、シャボンいっぱい付けてな、丁寧に洗うてくれはってな、最後にな、こう言わはった」

「前は自分でお洗いな」

祖父は自分の股間のあたりにふと目を落として、「あんなに固うなってむずがゆうなったことなかったわ」と笑った。

「坊や、あそこはね、誰に使ってもいいけど、相手を大事にするんだよ」、お紺さんはそう言ってざばざばと掛け湯をしてくれた。

祖父はその時、その言葉の意味が何のことか分からなかったらしい。当然だろう。

祖父たち村の百姓は、彦根の城下に下肥え買いに行っていた。引き取り代金があったとしても、それは少量の野菜だろうが、収穫を終え、寒肥《かんご》えが必要となる晩秋が特にシーズンだったのだろうとわたしは思う。父も、肥え買いのリヤカーの先引きをさせられるのがとにかくいやだったと言っていた。集めた糞尿《ふんにょう》は村の野中の肥え溜めに貯蔵される。町衆のそれが富栄養というわけでもなかったと思うが。

「川原町のめがね屋さんと懇意でな。そこへ行くとおとっつぁんはいっつも長いこと話し込んでやったんやがな」

祖父の話によると、祖父の父は例によって長話に興じ、連れていった息子をほったらかしにしていたそうだ。最初のうちは大八車《だいはちぐるま》のそばでじっとしていたが、めがね屋さんの奥さんからもらった飴玉《あめだま》も舐《な》め切ってしまい、裏口だったが、大通りを行きかう人からも路地を通してじろじろ見られているような気がして、祖父は車を離れ、繁華な町中に飛び出していこうとした。その時、積み込みを待つばかりの肥え桶《おけ》のひとつにぶつかり、ちゃぷんと桶は大きく傾き、その反動で肥え汁やその飛沫よけの藁束《わらたば》まで頰から胸元にかけてべっとり付着した。

祖父は恥ずかしいやら気持ち悪いやらで気が動転した。おのが不始末を父に告げに行って、帰りを促してもよさそうなのに、どうしていいか分からず、しゃにむに手拭いでごしごし拭くや、そのまま通りを突っ切って、人気《ひとけ》のない裏通りのここにやってきてしまったというのだ。

そうして外濠の土手のところをうろうろしたあと、膝を抱えてじっとここに座っていたそうだ。すぐそばが山の湯だった。

銭湯は昼下がり、夕刻前の暇な時間帯であったらしい。そこに釜炊きの爺さんに何かを言《こと》づけにやってきたお紺が現れたというわけだ。

「坊や、早くお脱ぎよ」

祖父は田舎ではまず見かけない、小綺麗《こぎれい》な五十がらみのおばさんに見つめられて、地蔵様状態になる。

「早くおしよ、手伝ってあげるからさ」

——東京から来た人やと思うた。江戸言葉でなあ。

祖父はトントンと雁首《がんくび》をたたき灰を捨て、二服目に火をつけた。

「あとから聞いた話やけど、やっぱり箱根の向こうの人で、ご先祖はどこやらのお武家さんで、維新のときに江戸に出てきはったらしい。元がそういう出の女子《おなご》はんや。それがどういう事情があったんか知らんが、東京から彦根まで流れてきやったらしい」

祖父はそこまで言ったかどうか、記憶にない。ただ次の言葉は記録にある。

「風呂屋を経営してやあった男はんと縁があって、ほこの手伝いしてやあったらしい。その男ちゅうんは、元は任俠《にんきょう》、悪う言うたら極道《ごくどう》やけんど、気持ちはまっすぐなもんや。」

その時祖父の言った、気持ちの「まっすぐな」男は、以前は清水次郎長《しみずのじろちょう》の兄弟分でもあり、関西一円でよく知られた俠客《きょうかく》であった。先にも述べたように、廓《くるわ》のあるじからキリスト教徒に身を変じた男、三谷岩吉《みたにいわきち》と言った。


わたしはこれから、祖父の思い出話をもとにお紺という女性について書いていこうと思う。お紺は三谷岩吉とは切っても切れない関係にある（祖父の言ったことが、まるっきりの作り話でなければ、の話だが）女であるし、話の中に必然的に三谷岩吉も出てくるということになる。彼を描く際、わずかな文献に残されたわずかな記載にもとづくことになるわけだが、実際の三谷岩吉からほど遠い人物になってしまうかもしれない。

だから、岩吉は二谷鉄吉《にたにてつきち》という架空の人物としておく。「お紺」は郷土に関する書物のどこにも登場しない名前なので、これはこのままにしておく。

さて、お紺、鉄吉の話に入る前に、その周辺のことについて時代背景も含めて、三谷岩吉の人生を大きく転換させた中嶋宗達《なかじまそうたつ》という人物について概略を述べておく。

宗達は伊吹山の麓、現米原市小田《やないだ》という所に生まれ、彦根藩奥医師中嶋家に乞われて養子となった。神童だったのである。

明治元年（一八六八）にはヘボン博士（ローマ字で有名）に同行して北海道や樺太《からふと》方面を周遊している。ヘボンからは西洋医術とキリスト教を学び、和漢洋の医学に通じた彼は明治五年（一八七二）に東京麹町《こうじまち》で開業した。福沢諭吉《ふくざわゆきち》からも助言を受け、民間医として活躍し始めた頃、養父の死去に伴い、故郷に帰ることになる。

彼は彦根の地で、同じく医師の樋口三郎《ひぐちさぶろう》らとともに、「明十社《めいじゅうしゃ》」（明治十年）をおこし、五番町の集会所「集義社」を会場に、衛生学とキリスト教を講じていくこととなる。

その後は同志社の関係者らとも交流し、医学と魂の救済の道を説き続け、多くの聴衆をここに集めた。機は明治十二年（一八七九）に熟し、六月、新島襄《にいじまじょう》の手により十二名の者が受洗した。「彦根基督教会」の誕生である。

念願の教会堂は明治二十一年に四番町に建設されたが、現在、彦根教会の会堂内の木製看板には「彦根基督教會堂」という宗達の書が掲げられている。弱者救済の意志が込められた力強い書きぶりである。

彼の功績を挙げれば、助産師の育成、彦根幼稚園の設立、彦根女学校の前身である淡海《たんかい》女学校、県立盲学校の前身である私立訓盲院《くんもういん》の設立に協力、大津日赤の創立に寄与するなど枚挙にいとまがない。当時の県令からは初代医師会長に推されている。

その宗達から、岩吉は人生の歩み方を変える決定的な後押しを受けたと言える。岩吉は初代教会員十二名のうちに名を連ねている。

武士の家に生まれながら長年の素行不良がもとで、家と故郷から見放された二谷鉄吉は、当然のごとく出奔する。

やがて関西で名だたる博徒となり、慕い来る者の多くを子分にした。そんな彼に里心が付いたというのか、いっぱしの大親分気取りで、ある日思い出したように駕籠に乗って家に帰ってきたのだった。

母親は鉄吉を見ると目に涙をいっぱいいため、「鉄！　この馬鹿者が」と言ったきり、あとは言葉にならない。

——そんときの話は知ってるよ。鉄吉さんが言ってた。紺は言う。風呂屋を始めたときにさあ、ふたりで薪《まき》をくべてたときに言ってた。

——でもさあ、さっきの話だけどね、坊やのじいさん、そんなこと言ってたのかえ。大ぼら吹きの唐変木《とうへんぼく》だねえ。何が武士の血だい。笑わせるんじゃないよ。バカも休み休み言えってもんだよ。あたしゃ黒船が浦賀にやって来た（嘉永六年、一八五三）頃の江戸生まれだけど、おっ母さんは深川の芸者だよ。芸者っていっても突っ伏し芸者だよ。近くに木《き》場《ば》なんかもあって、あらくれもいたが、男には不自由しないよ。女ひとりなんとか生きていけた。人づてに聞いたんだけど、父親《てておや》らしき男は紺屋《こうや》の職人、だから紺と名乗ってるんだよ。

鉄吉は焚《た》き口《ぐち》で、燃えさかる炎を気持ちよさそうに目を細めて眺めている。眉目秀麗である。やがて彼は思い出したようにつぶやいた。

「なあ、お紺、もう、女子《おなご》はええわ、わいみたいな極道は女泣かしてばっかりや。一番泣かせたん、誰か知ってるか」

「知りゃあしねえよ、あんたが苦労かけた女なんか」

「ほうかあ。ほれはなあ、わいの母《かか》さんや。泣かしてばっかやったわ」

「そりゃあ、よくないねえ」

——あたいも一緒だったから、なんだか、しみじみ分かってねえ。

——深川芸者が貧乏職人とできちゃって、ほおずき弾《はじ》くのを失敗して生まれたのがあたいだからねえ。そんなつもりのない男は去っていくさ。物心ついたらテテなしを怨《うら》んで、親の言うことにいちいち逆らって、つい言っちゃあいけないことまで言っちまうこともあらあね。そんな時あの女は「親に向かって何言ってんだい、お前の知ったこっちゃねえよ」ってケツまくるんだよ。それがまた無性に腹が立って唾吐いたこともあったよ、ケッ。でもねえ、おっ母さんがいつも持ってたお守り、なんだと思う。あたいのへその緒だよ。いつもあたいの身を案じていたんだね。後で知った。

親に泣かれたくらいですぐに更正できるはずもなく、鉄吉は彦根に戻ったはいいが、長浜、鳥居本、彦根の元締めとなり、やがて江州《ごうしゅう》はもとより、縄張りを大垣、岐阜まで伸ばしていった。当時の警察も鉄吉親分と持ちつ持たれつの関係で、ヤクザ者の暴力沙汰など鉄吉の力を借りなければ手に負えないこともあった。

ある時、相手方と大乱闘になりそうな出入りの計画があって、それを察知した警察署長みずから鉄吉に会いに来た。署長から「ここは忍の一字で辛抱してくれ」と頼み込まれ、鉄吉は署長の顔を立てるつもりでしぶしぶ矛を収めたのだが、後から漏れ聞こえてきた安《あん》堵《ど》と感謝の町の声を知って、鉄吉の心が少し変わった。

もともと性根のやさしい男の磁針が極北に向き直り始めたのだから、それからは周囲の者があれよあれよと思う変わりようだった。

鉄吉は組を解散することを本気で考え始め、堅気になる決心をした。

人生の指針を求め出すと、どこかに光明が見えてくるものである。遊び友だちの以倉《いくら》某がキリスト教信者になったことから、鉄吉は中嶋宗達らと知り合うようになった。宗達に接して、その教えを受けていくうちに、彼は世の光になることを真剣に考え、経営していた遊郭を廃業することにしたのだ。

――あんときゃあ、そりゃあ、驚いたよ。あたいは鉄吉さんのイロではなかったけど、可愛がってもらっていたからねえ。十《とお》も上の男があたいを姐《あね》さんみたいに頼っていたフシがあってねえ、あたいに大事な相談持ちかけてくるんだよ。えへへ。

鉄吉はすでに遊郭経営から離れることを決心していたが、そうは決めても、ことは自分ひとりだけに関わることではない。自分が抱えている娼妓《しょうぎ》はもちろん、雑役の男衆《おとこし》、遣《や》り手《て》の婆さんなど、彼らの身の振り方を考えてから実行に移さねばならない。鉄吉はもはや、使用人をいきなり路頭に迷わせるようなことを平気でやってしまうような男ではなかった。

彼は娼妓を解放し、親元や故郷に返したり、結婚先を見つけてやったりした。そのように片付かない女には、遊郭以外の再就職先を見つけることに奔走し、ちょうど前年に操業を始めた平田《ひらた》の彦根製糸場の工女になるよう手はずを整え、みずから保証人となった。

しかし、男女を問わず若い者はどうにかなりそうだったが、問題は高齢の身寄りのない者たちの身の振り方である。

「お紺、おまはんはわいの言うことなんか聞かんやろうし、工女の訓練も受ける気ないやろ。ほやさかい、これから好きにしたらええ。でもな、権《ごん》じいとかお辰《たつ》みたいな婆さんや。あいつらはどこにも行くとこあらへん。そこでやな、風呂屋でも始めてそこで働いてもらお思うのやが、どやろ。土橋の外濠埋め立てたそばに、どうにも死んどる土地もあるし、あそこらへん買い上げて作ってみよう思うのや。中嶋先生もそらええこっちゃ言うてなあ」

――それを聞いて、あたいもそりゃあいいこったって、すぐ賛成したよ。

――あたいは流れ流れの身でね、帰るところのない「売女渡世《ばいたとせい》」の身だよ。岐阜にいたとき、鉄吉さんに拾われたあんばいでここに来たんだけどさあ、手に職なしの能なしだよ。だけど、やっぱりもうね、体売る世過《よす》ぎはいやでね。女郎というのは舞妓《まいこ》や芸妓《げいぎ》と違って、今風に言えば慰安婦だよ。男の慰み物、ハケ口さ。それにそんときゃあ、あたいは二十八だよ。器量も人並みで、娘盛りを過ぎた年増《としま》女は売れやしないのさ。東京に帰って、岡場所みたいなところで夜鷹《よたか》やったってみじめなもんだよ。だいいち体がもたないよ。男だって金と暇持てあましてるババアや娘に体売ってみろってんだ。食うために一日何人も、来る日も来る日もだよ、男は特に気を遣《や》っちゃあいけないしね、アハハ。とにかく重労働ってもんさ。それに……あたしゃ口が汚なくて客が閉口しちまうしね。だから風呂屋なら、釜焚きでも湯女《ゆな》でもやってみようかって思ってね。年寄りに交じって働くのも悪くないと思った。

「ほんでも湯女はあかんで」

「なんでだい、三助《さんすけ》みたいなもんだよ」

「三助は男やがな」

鉄吉はとにかく正業にこだわった。経営する湯屋でそうしたことが行われなくても、やっぱりあいつは遊郭から離れられないのだ、などという噂が出ることを恐れた。

「背中流しのお紺でいくよ、鉄吉さん。年寄りは湯手ぬぐい使っても背中洗えないよ。男湯でも女湯でも、中に入って背中流してやるんだ」

――風呂屋と聞いて、あたいは昔、永代橋《えいだいばし》渡って水天宮《すいてんぐう》に連れて行かれた時のことを思い出してね。そう、あの情に流されっぱなしの不見転《みずてん》芸者にだよ。あの時はどういう風の吹き回しだったんだろ。七つのお祝いも兼ねてか知んないねえ。

そこで幼なじみの板木屋《はんぎや》の理津《りつ》ちゃんと千帆《ちほ》ちゃん姉妹に出会ってね。どういうわけかみんなで湯屋へ行こうってなって、五人で（理津ちゃん千帆ちゃんはおばあちゃんと来てた）風呂行ってたら、あのふたり、おばあちゃんの背中をぬか袋で一生懸命こすってんだよ。それ見てて、あたいは殊勝にも母ちゃんにもやってあげなくてはいけないと思ったけど、もじもじして下向いてた。

そんとき、おばあちゃんはこう言った。「背中は手が届きゃしないんだよ。そこはね、やっぱり他人様《ひとさま》の手が必要なんだよ。人間てえものはときには誰かに助けてもらわないとだめなんだよ」……で、理津ちゃんと千帆ちゃんが、口をそろえて言った。「お紺ちゃんもおばちゃんにやっておあげよ」、鶴の一声みたいだった。

——もう一度言っとくけど、湯女ってったって、本当に年寄りの背中流すだけだよ。あたしゃね、女郎やめてからは、転んだことは一度もないからね。

それからお紺は山の湯に住み込んで、女三助から雑事いっさいをこなす存在になっていった。

鉄吉は宗達から提供してもらった熱海《あたみ》温泉の成分分析資料をもとに、薬湯作りに腐心した。伊吹山の麓に出向いて、薬草についての知識を教えてもらったりもした。また、資金面を中心に風呂屋の経営にも熱心に取り組み始めた。

そういう新しい仕事に携わりながらも、鉄吉はひたすら信仰の道に進んでいくのだった。ほとんど寝食を忘れて人のために尽くす道に邁進《まいしん》していくのだった。

のちに当時としては目新しい牛乳屋を営み、教会の事業に大きく貢献することになる、友人沖太郎《おきたろう》を辛抱強く導いていったのも鉄吉だった。

沖太郎は大変な酒豪だった。ほとんど酒で身を持ち崩していた男だった。まっとうな職にもつかず酒におぼれる彼を、鉄吉は信者の集会に誘い続けた。

維新後、足軽の身でいられなくなり、新しい職を見つけようと必死になっていた頃の沖太郎を知っていたからだった。彼に救いの手を差し伸べれば、やがてはこっちの手が引っ張られるほど信仰に突き進むに違いないと、人を見抜く目が肥えていた鉄吉はそう思っていた。彼は信じていた。

「おい、沖太郎、行こか。これから集まりや」

「うん、ちょっと待ってくれ。もう一杯飲むさかい、さき行ってください」

「行ってください、て、なんや。人を乞食みたいに言いないな。ほんなに飲んだらあかんほん。……ほな、待ってるさけ、ゆっくりやりや」

沖太郎は酔いつぶれて正体不明の状態になっていても、集会が終わりかけになっていても、必ず顔を出した。

鉄吉は慈善の精神にもあふれ、米価が高騰し、食うに困った町内の人々に、一日三合の米を相場の半分で売ってやった。貧窮者の生活費としてひとり十銭を給してやったりしたこともあった。

「どうせ博打《ばくち》の胴元やら廓《くるわ》やらで稼いだ金やがな。汚ない金や」というさがない陰口も聞こえてきたことがあったが、彼は気にしないですまそうとした。ここで怒れば男が廃《すた》る。もう博徒の元締めでも女郎屋のあるじでもないのだ。

それでもたまに弱気になる。

「お紺、お前『へそこ』て、知ってるか」

「知んねえよ、なんのこったい」

「へそこいうたらなあ、できそこないのこっちゃ。まあ、不良品や。わいのこっちゃがいな。兄弟の中でも生まれつき、とびっきりのできそこないで、悪さばっかりしてきたわ」

「今はそうじゃないんだから、あんまり気にするこたァ、ないよ」

――鉄吉さんは自分が今やってることは罪滅ぼしだなんてよく言ってたけど、そんなに罪ィ滅ぼしちゃあ生きていけないよって言ってやった。そりゃあねえ、あたいも人間でものはできるだけ罪を作らない方がいいとは思うけどね、この世に生まれてきたことからして罪な存在だと思うんだ、うまく言えないけど。ま、あの人の、単純に、そんなふうに思って馬車馬みたいに働けるところが好きだったんだけどさ。

──あの、四ヶ月前、蛍を見た。ふたりで芹《せり》川堤に腰を下ろして蛍を見ていたことがあったんだよ。

「ええもんやなあ」

感に堪えないように、鉄吉が蛍から目を離さずに言う。

「いいものだねえ」

山の湯をしまってからのことで、遅い時間になっていたので群舞というものではなかったが、それでも数頭が飛び交っていた。どこかのご隠居の、謡いのおさらいの声も消えていた。

「八代直惟《なおのぶ》公の時、木導《もくどう》っちゅう藩士がいやはってな。仲間と蛍狩りに行かあった時の句に、風呂屋より直《すぐ》に見に行蛍《ゆくほたる》かな、というのがあるんや。ほかにも苗塚の蛍とかな」

「田植えももうじきだろうしねえ。夜風もほんのちょっとあって、いいあんばいだよ」

「……なんか、ほんまやなあ」

鉄吉は背筋を伸ばした。蛍はゆっくり揺れている。

「けど、空の鳥は鳴きよるのに、蛍は光っとるだけやな」

「何言ってるんだい」紺は鉄吉を見た。

「ほれになあ、蛍は、やっぱり大勢で見るもん、違うなあ」

紺は前を向いた。

「見世物じゃないしねえ……ひとりがいいかい？」

「いや、お紺」

「なんだい？」

「どや、いっしょにならへんか」

「……馬鹿言ってんじゃないよ」

紺は上を向いた。ついと蛍がにじんで消えた。鉄吉に向き直れなかった。鉄吉は前を向いたまま「そうかあ」と言った。

「夜の更《ふく》るほど大きなるほたる哉《かな》、というのもあるんや。連れの汶村《ぶんそん》っちゅう人の句や」

「……真打ち登場ってとこかい」

「うまいこと言うなあ」

「鉄吉さん、そうなるよ、きっと」

「ほんでも、この頃なあ、……人の目にとまらんでもええんや、思うんや」

すべては順風満帆《じゅんぷうまんぱん》のように思えた。白帆は大きく腹をせり出して、遅疑なく寄港地に向かっているように思えた。

だが、神に召された三十八歳の鉄吉を送り出す秋の日は、とんでもない悪天候だった。受洗からまだ二年もたっていなかった。

朝から暴風雨に見舞われ、とても葬儀は出せないように思われた。前夜からの生温《なまぬる》い風は明け方から大粒の雨の瀑布《ばくふ》となっていた。

元武家として檀那寺《だんなでら》との関係もあったが、鉄吉の遺志もあって葬儀はキリスト教式で行い、関係者だけでごく内輪で済ますつもりだった。それでもその日にできるかどうか案じられた。この天候では出棺は一日見合わさざるを得ないのではないかという危惧もあった。

しかし鉄吉危篤の報を聞きつけて、彦根に駆けつけていた力士たちが押し切った。

京都相撲の小結「磯浪《いそなみ》」が逢坂《おうさか》山から、萱野《かやの》神社宮相撲の「新駒《あらこま》」が瀬田から、水口《みなくち》からはこれも京都相撲で活躍した「柳風《やなぎかぜ》」が来ていた。海津天神社《かいづてんじんやしろ》の奉納相撲で名を売っていた「錦山《にしきやま》」が、これは事後に自殺行為だと厳しく叱責されたが、長浜まで舟を漕いで彦根に到着していたのだった。

彼らの宿を一手に引き受けたのは芹町《せりまち》の力士「勇鉄《いさみてつ》」忠五郎《ちゅうごろう》である。

力士たちは神社などでの奉納相撲や、各地で勧進相撲や草相撲の興行を行った際、それを仕切り勧進元となっていた鉄吉から多大な恩義を受けた大男たちであった。鉄吉は彼らに関蟬丸《せきせみまる》神社お墨付きの「辻角力《つじずもう》」の免状も与えていた。

彼らは「鉄吉親分は、こうと決めちゃあ、時を待つような人ではございませんでした。わしらが無事葬儀ができるよう、建物の壁支えでも、棺担ぎでも、嵐をついての移送でも何でもやりましょう」と口をそろえて言った。

こうして、とにもかくにも決行することになった葬儀会場（集義社）の中を、物珍しさから無遠慮に覗《のぞ》き込《こ》んでいく者もあった。初めて見る大きな十字架だった。

雨風をついて運び込まれたオルガンが荘重な響きを奏でた。葬儀開始の合図である。奏者は宗達の息女だった。

このオルガンは鉄吉が世話人となり、来日中の宣教師ゲーリックが米国商社と購入の折衝に当たった、彦根で最初のオルガンだった。

オルガンの音が鳴り響く中、扉がガラガラと大きな音を立てた。嵐に押されておずおずと入り込んできたのは山の湯の常連たちだった。みな黒の羽織りで、数珠《じゅず》を手にしていた。

牧師が聖書を朗読している最中に、鉄吉の店にいた元娼妓の女たちが静かに入ってきて、すぐ泣いた。讃美歌の時に、遅れてきたひとりの博徒がはあはあ言って入ってきて、ぺこぺこ頭を下げた。

式は最後の祈禱《きとう》となった。

オルガン演奏の終了を待っていたかのように、台風の目が開き、外の嵐はぴたりと静まり、ぽっかり青空が見えた。

——あれはまるで、昔、江戸の芝居小屋で見た團十郎《だんじゅうろう》の「鳴神《なるかみ》」だったね。あたいが「雲《くも》の絶《た》え間姫《まひめ》」で、お紺童貞だった鉄吉さんへの最後のふるまいを、神様がなさってくださったと思ってるよ。あはは、だ。鳴神の鉄吉さん、おれを酔わせて雨降らしやがったって怒って、このお紺を追い回しに起き上がってくるんじゃないかい。

——どうして急に死んだんだ、ってかい？　そんな時になんで笑っていられるのかだって？

——野暮《やぼ》ってもんだよ、そんなことを聞くのは。誰にでもね、言いたくないこと、知られたくないことってのはあるもんだよ。泣いて泣いて、ひたすら泣いた後には、笑うしかないってこともこの世にあるのさ。

——あははと笑う。真宗の坊さんだって、日蓮宗だって、耶蘇《やそ》のお坊さんだって、説教してる時に笑ってるところは見たことないじゃないか。神主さんだって笑いながら祝詞《のりと》あげるって聞いたことない。そうだろ。……でも、あたいは死にそうに悲しくてつらい時なんか、あははと笑うことにしているのさ。

雲の絶え間は、いっときのことで、また南の空から分厚い灰色の雲が押し寄せ、ぬるい風がだしぬけに渦巻き始め、やがて木々を押し倒さんばかりに荒れ狂った。空はしばらく咆哮《ほうこう》し続けた。雨滴を横から吹きつけた。とにかくひどい天気だった。

鉄吉が仏様を捨てたので、仏罰が当たったのだと言う人もあった。

——それを仏罰というのなら、仏っていうものは小《ちい》せえもんになっちゃうよ。


ビエンナーレも残すところあと一週間となった日曜日、わたしは最後に取っておいた山の湯の会場を訪れた。

中から花やいだ声が聞こえてくる。この日も穏やかな天候に恵まれてまずまずの盛況らしかった。女湯の方から入った。

入場者と話しているらしい澄んだ声が右肩の方から舞い下りてくるので、ふと見上げたら、あの女がどっかりと番台に座ってこちらを見下ろしていた。この日はベージュのセーターだった。二手《ふたて》から入《い》り来る客をさばくのだから、真ん中の番台にいるのは合理的で銭湯気分も出るが、主《ぬし》みたいに思えた。

「あらァ、いらっしゃいませ」

「おお、またいますね」

「あはは」と笑って「チケットは」と聞いてきた。

女はわたしが差し出したカードにチェックを入れた。

「中はイケイケですよね」

「あはは、はい。ビヨンド・ジェンダーで」

そのまま脱衣場にある展示物を観に行こうと歩き出したら、女は「あ、よろしければお名前をお書きください」と備え付けの用紙を指さした。

わたしは少し迷ったが、二谷鉄吉と書いた。

＊初出の掲載誌は次の通り。ただし、いずれもこの作品集に収録する際、書き直しがしてある。

浦島会てんまつ記（うらしまかいてんまつき）
『滋賀作家　第一四三号』（滋賀作家クラブ　二〇二一）

あやしの桃（あやしのもも）
『滋賀文学　２０２０年版』（滋賀文学会　二〇二一）所収「桃妖」を改題改作

あしたの姉弟（あしたのきょうだい）
『第五十四回　市民文芸作品入選集』（彦根市教育委員会　二〇一八）

照手と小栗近江みち（てるてとおぐりおうみみち）
『滋賀作家　第一四四号』（滋賀作家クラブ　二〇二一）所収「道行き照手餓鬼阿弥」を改題改作

花狐（はなぎつね）
『第五十三回　市民文芸作品入選集』（彦根市教育委員会　二〇一七）

「山の湯」の女（「やまのゆ」のおんな）
『第五十七回　彦根市民文芸作品入賞作品集』（彦根市文化スポーツ部文化振興課　二〇二一）

● 著者
水沢　郁（みずさわ　いく）
1953年、滋賀県彦根市生まれ
著書『ええほん　滋賀の方言手控え帖』（サンライズ出版　2012）

あやしの桃

2021年９月10日　初版第１刷発行

著　者　水沢　郁

発行者　岩根順子

発行所　サンライズ出版
〒522-0004 滋賀県彦根市鳥居本町655-1
tel 0749-22-0627　fax 0749-23-7720

印刷・製本　シナノパブリッシングプレス

　ISBN978-4-88325-741-6